나부터
챙기기로
했습니다

나부터 챙기기로 했습니다

발행일 2024년 5월 20일

지은이 강혜진, 글빛혁수, 글빛현주, 김나라, 백란현, 소유, 송기홍, 육이일, 조하나, 홍순지
펴낸이 손형국
펴낸곳 (주)북랩
편집인 선일영 편집 김은수, 배진용, 김현아, 김다빈, 김부경
디자인 이현수, 김민하, 임진형, 안유경, 한수희 제작 박기성, 구성우, 이창영, 배상진
마케팅 김회란, 박진관
출판등록 2004. 12. 1(제2012-000051호)
주소 서울특별시 금천구 가산디지털 1로 168, 우림라이온스밸리 B동 B113~115호, C동 B101호
홈페이지 www.book.co.kr
전화번호 (02)2026-5777 팩스 (02)3159-9637

ISBN 979-11-7224-091-2 03810 (종이책) 979-11-7224-092-9 05810 (전자책)

나부터 챙기기로 했습니다

강혜진
글빛혁수
글빛현주
김나라
백란현
소유
송기홍
육이일
조하나
홍순지

지음

❖ 들어가는 글 ❖

노자한비열전 장자 편에는 초나라의 위왕이 장자의 총명함을 탐해 제상으로 삼으려 하는 이야기가 나옵니다. 위왕이 사신을 보내어 장자에게 청하자 장자는 고민해 보지도 않고 돌아가라며 이렇게 말했습니다.

"차라리 시궁창에서 뒹굴더라도 스스로 즐기는 삶을 택할 것이지 세상에 얽매이는 삶은 택하지 않겠다."

장자가 이렇게나 자기 마음을 먼저 챙기는 데에 스스럼이 없었으니, 그 현명함이 위왕의 관심을 받지 않았나 생각해 봅니다. '나'부터 스스로 챙기는 것의 힘을 장자는 일찌감치 알고 있었던 것 같습니다.

오늘 아침 이웃님의 블로그에서 '내가 정말 행복할 수 있으려면?'이라는 질문을 만났습니다. 문장 완성 검사를 통해 내담자의 심리 상태를 파악하는 상담의 한 기법이었습니다.

다른 사람들의 댓글을 천천히 읽어봅니다. 자아를 찾았더니 행복해졌다, 매 순간 감사해야 한다, 현재를 소중히 여겨야 한다, 뜨끈한 김치찌개를 먹거나 친구와 만나서 시간 보낸다, 독서하거나 그림을 그린다, 지금도 행복하니 느끼기만 하면 된다…. 고개를 끄덕일만한 댓글들이 달려 있습니다. 그중 저의 눈을 끄는 댓글은 이것이었습니다.

'우선 나 자신을 돌봐야 행복할 수 있을 것 같아요.'

저도 질세라 제 생각을 댓글로 남겼습니다.

'내가 정말 행복할 수 있으려면 내 마음을 먼저 챙길 용기가 있어야 한다!'

느낌표까지 붙여 강조한 저의 댓글에는 제 진심이 가득 담겨 있습니다. 내 마음을 먼저 챙긴 이후 저는 이것이 진정한 행복이구나 하고 느끼며 살고 있거든요.

백화점 구석 가판에서 세일하는 옷만 골라 입고 다니던 내가 용기를 내어 처음으로 매장 안으로 들어가 구입한 멋진 가죽 서류 가방을 기억합니다. 이십 년 가까이 된 그 가방은 내가 나에게 준 첫 선물이라 아직도 들 때마다 기분이 좋아집니다. 조금은 사치스럽다 느껴질 정도로 비싼 값을 치렀던 수채화 물감과 용지는 저에게 좋은 취미를 갖게 해 준 현명한 선물이었습니다. 커피 한 잔도 사치라 생각했던 제가 요즘 풍경 좋은 카페에서 향긋한 차를 마시며 여유를 즐길 줄 알게 되었습니다. 이렇게 나를 소중히 여기고 누구보다 먼저 챙겼더니 행복한 마음이 넘쳐서 다른 사람도 기꺼이 사랑하고 싶은 마음이 솟아납니다.

장남, 장녀라는 이름으로, 엄마, 아빠라는 이름으로, 혹은 누군가의 아들, 딸이라는 이름으로 사느라 정작 내 이름으로 살지 못했던 세상의 많은 사람들에게 이제는 그 누구보다 자기 자신을 먼저 챙기라고 이야기해 주고 싶습니다. 행복은 '나를 먼저 챙기는 것'에서 시작되는 것이라고 말해주고 싶습니다.

1장, '다른 사람 먼저 챙겼던 나'에서는 자신의 내면에 집중하지 못하고 늘 타인만 챙기며 살던 작가의 과거를 다룹니다. 누구보다 치열하게 살며 주어진 역할에 최선을 다했지만 '나'는 쏙 빠지고 알맹이 없는 삶을 살아왔던 작가들의 과거를 읽으며 위로를 얻을 수 있을 겁니다.

2장, '방법을 찾기 시작했다'에서는 다른 사람 먼저 챙기며 무엇을 잃고 있었는지, 만족스럽지 못한 것에는 어떤 것이 있었는지를 풀어냈습니다. 남에게 맞추고 있던 인생의 초점을 자기에게 맞추게 된 계기와 터닝 포인트도 함께 실었습니다. 이대로는 안 되겠다 각오하게 된 10명의 에피소드를 공개합니다.

3장, '내 삶에 집중하는 방법'에서는 본격적으로 자기 자신에게 집중할 수 있는 다양한 방법들을 소개합니다. 독서, 명상, 자기 수용, 감사와 기록, 그리고 도전…. 작가들이 치열하게 자기 자신을 되찾기 위해 어떤 과정을 겪었는지 만나볼 수 있을 겁니다.

4장, '변화된 나, 변화된 삶'에서는 이 모든 과정을 겪으며 느끼고 깨달은 점을 알려 드립니다. 다른 것을 먼저 챙기느라 정작 가장 소중한 나 자신을 챙기지 못했던 과거의 내가 나부터 챙기면서 생기는 반가운 변화를 담았습니다.

나를 챙기지 못했지만, 이제는 바뀌어보고 싶은 독자들이 있다면 3장부터 읽어 보기를 권합니다. 마음에 쏙 드는 해답이 없을지도 모르겠지만, 적어도 나를 챙기는 길로 가는 힌트들은 얻을 수 있을 테니까요.

착한 아이 소리를 들으며 거절하지 못하고 살던 사람들과 힘들어도 꾹 참으라는 말을 잘 지키며 자라 온 사람들, 남의 눈치 보느라 나답게 살지 못했던 사람들, 책임감을 우선시하며 진정으로 원하는 것을 뒤로 미루어 놓았던 많은 사람들에게 이 책을 권하고 싶습니다. 인생의 중심에 자기 자신을 두는 삶, 자기를 온전히 사랑할 수 있는 삶, 세상에 당당하게 맞설 용기를 내는 삶, 잊고 있던 꿈을 펼쳐나가는 멋진 삶을 독자들도 함께 찾아나가시길 응원합니다.

매주 화요일 '글빛백작' 책 쓰기 강의를 듣습니다. 라이팅 코치들은 밤늦은 시각까지 열정으로 강의를 진행합니다. 공저 프로젝트에 참여한 대부분의 작가가 '글빛백작'에서 인연을 맺은 우리 팀입니다.

내 삶의 중심이 나로 가득 찼던 그날 이후, 좋은 사람들과 좋은 인연을 이어갈 용기도 생겼습니다. 나부터 챙기겠다는 작은 용기는 저를 더 좋은 장소, 더 좋은 사람들에게 이끌어주는 길잡이 역할을 해 주었습니다. 긍정적인 마인드로 세상을 대하는 우리 팀과 함께 응원 메시지를 나누며 매일 아침을 열었던 지난 몇 개월. 그 기억이 지금보다 더욱 나를 사랑하고 챙기도록 하는 멋진 추억이 될 거라 기대해 봅니다.

초보 작가 강혜진

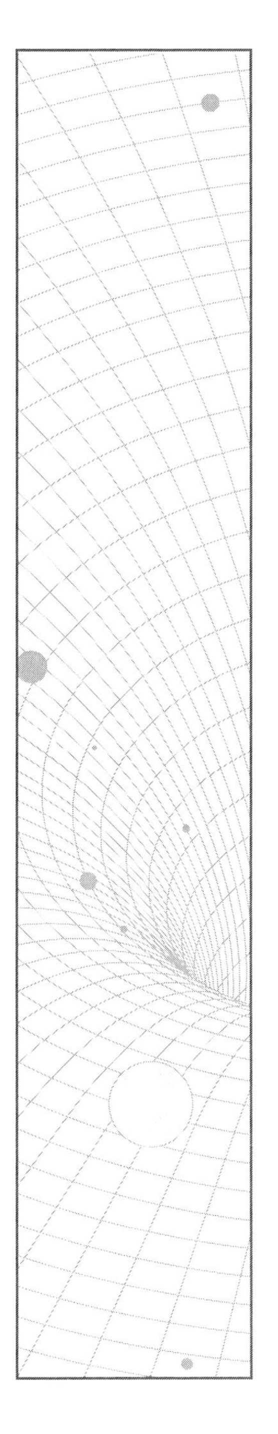

차례

2장 — 방법을 찾기 시작했다

3장 — 내 삶에 집중하는 방법

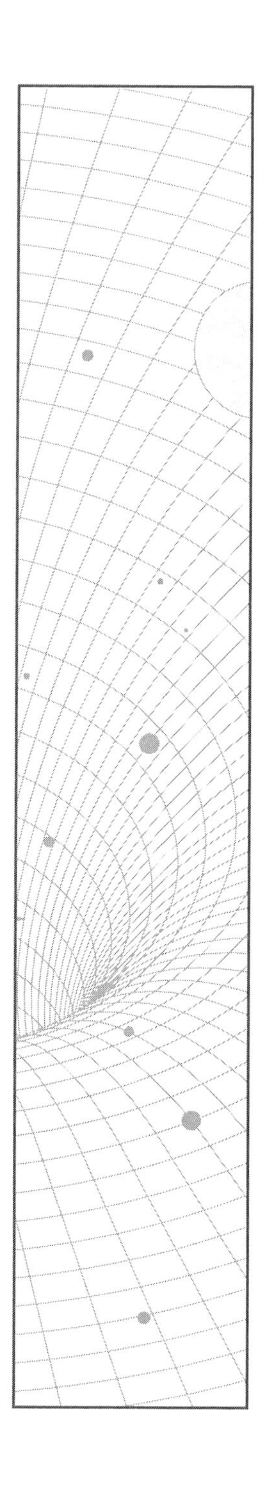

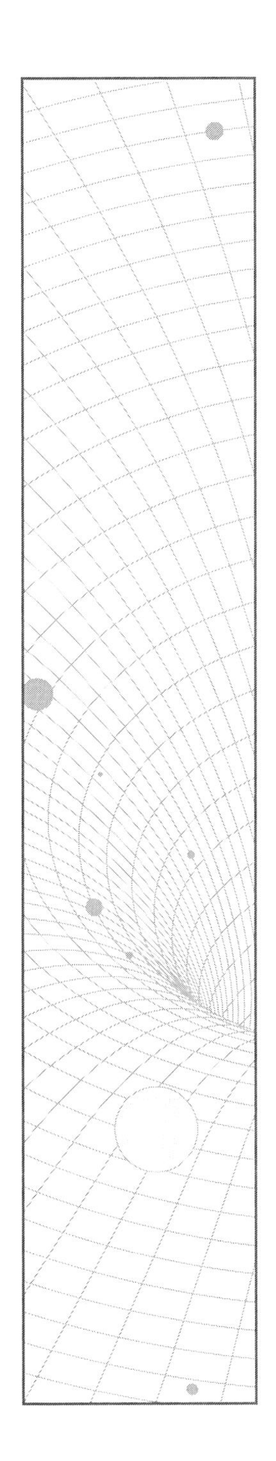

4장 — 변화된 나, 변화된 삶

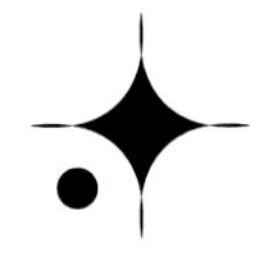

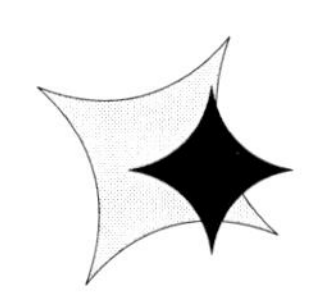

제1장

다른 사람 먼저 챙겼던 나

1-1 혼자가 편했다 강혜진

'사회성이 뛰어나고 교우 관계가 원만하며 배려하는 자세로 친구들 사이에 인기가 있음.'

학창 시절, 내가 받은 통지표에는 해마다 비슷한 내용이 적혀 있었다. 문제를 일으키거나 갈등을 만들지 않는다는 말을 이렇게 표현한 것이 아닌가 싶다. 웃으며 온순하게 행동했다. 화낼 줄도, 거절할 줄도 모르는 착한 아이처럼 보였을 것이다. 그런데 사실은 싫다고 말하려 해도 말이 입 밖으로 나오질 않아서 그런 것이었다. 싫은 내색을 하려면 가슴이 쿵쿵 뛰었다. 마치 해서는 안 되는 일을 할 때처럼 말이다. 백이면 백 허락만 하니 나처럼 속 깊어 보이는 아이도 없었을 것이다. 어느 날부터는 싫다는 말을 못 하는 것에서 그치지 않고 누가 시키지 않은 것까지 내가 하겠다고 나서기 시작했다. 초등학교 저학년부터 본격적인 착한 척이 시작됐다.

"야, 너 팔이 왜 그러냐? 어쩌다 그랬어?"

3학년 어느 날, 같은 반 친구 하나가 오른쪽 팔에 붕대를 감고 학교에 왔다. 철봉에 매달려 놀다가 떨어지면서 팔이 부러졌다고 했다. 오른팔을 다쳤으니 노트 필기도, 밥 먹는 것도 도와줄 사람이 필요했다.

담임 선생님께서 누가 돕겠냐고 물었다. 나서는 아이가 아무도 없었다. 모르는 척 앉아 있자니 마음이 편치 않았다. 착하다는 칭찬은 혼자서 다 듣더니 힘든 일 생기니까 모르는 척한다고 누가 내 뒤통수에 대고 흉을 보는 것처럼 느껴졌다. 마지못해 슬그머니 손을 들었다. 그러다가 그날 하굣길에도 친구 집까지 가방을 들어 주겠다고 얼떨결에 말하고 말았다.

친구네 집은 우리 집과는 정 반대 방향이었다. 그걸 몰랐던 것도 아니었다. 사물함이 없었던 시절, 교과서가 가득 찬 가방은 하나만 들고 걷기에도 벅찬 무게였다. 어깨 위에 누가 올라탄 듯 다리가 휘청거렸다. 내가 힘들어하는 걸 친구가 알아차리면 미안해할까 봐 아무렇지도 않은 척 힘을 냈다. 땀을 뻘뻘 흘리면서도 내가 원래 힘이 세다며 큰소리쳤다. 그러기를 여러 날, 친구의 부러진 팔은 생각보다 금방 낫지 않았다. 가방 들어주기가 예상보다 길어지자 나도 모르게 불만이 솟았다. 평소 같았으면 친구들과 놀거나 늘어져 TV 보고 있을 시간인데 가방을 들고 끙끙대고 있으니 불평도 못하고 죽을 맛이었다. 고생할 것이 뻔한데도 나섰던 내가 후회돼 속으로만 구시렁거렸다. 그런 마음을 숨기고 나의 가방 들어주기는 한동안 계속됐다. 힘든 사람은 도와야 하고, 부탁을 외면하면 안 된다고 배웠기 때문이었다. 칭찬을 기대하는 마음도 있었다. 이제껏 착한 아이라는 칭찬을 받아 왔으니 더더욱 바르게 행동해야 한다는 책임감도 있었다. 잠시나마 불만을 가졌던 나는 죄책감을 느끼며 까마득히 먼 길을 터벅터벅 걸어 집으로 돌아왔다.

'좋은 친구'라고 불러 주고, '착한 아이'라 칭찬해 주는 사람이 많았다. 그 말에 걸맞게 행동해야 한다는 강박이 있었다. 누가 시키지도 않은, 그렇다고 썩 내키지도 않은 일을 자처했던 이유였다. 가방 들어주기, 물건 빌려주기, 부탁 들어주기. 집에 돌아오면 지쳐 녹초가 되곤 했다. 밖에서 애를 쓰다 보니 꾹꾹 눌러놓았던 스트레스가 집에서 폭발했다. 가족에게 짜증 내고 까칠하게 굴었다. 밖에 나가면 착한 아이 소리를 듣는 나를 보며 가족은 믿을 수 없다는 듯 혀를 끌끌 찼다. 나의 민낯을 가족이 아닌 다른 사람에게 들킬까 두려웠다. 괜찮은 사람인 척 무던히도 노력했지만 정작 내가 뼛속까지 좋은 사람은 아니라는 걸 제일 잘 아는 건 나였다. 착한 일을 하고도 마음이 지옥이었다. 보람을 느낄 수 없었다.

나의 이런 행동은 쉽사리 변하지 않았다. 어른이 된 후에도 여전히 칭찬에 얽매여 살았다. 어렸을 적 듣던 평가는 부모에게 잘하는 착한 딸, 학생을 이해하는 친절한 교사, 업무를 딱 부러지게 처리하는 능력 있는 동료라는 칭찬으로 이어졌다. 나를 바라보는 모든 사람으로부터 좋은 평가를 받기 위해 애썼다. 그런데 칭찬받으면 받을수록 묵직한 책임감이 나를 누르기 시작했다. 요구받지도 않은 선행을 선뜻 해놓고 칭찬을 기대하며 살았다. 그리고 그 칭찬에 어울리는 사람이 되기 위해 촉을 바짝 세우고 있었다. 악순환이었다. 모든 사람에게 인정받는 좋은 사람이 되는 것이 가능하기나 한 일인가? 애초에 이루지 못할 헛된 욕심을 부린 것이나 다름없었다.

옆에 누군가가 있으면 신경이 곤두섰다. 어떤 말을 해야 할까? 어떤 행동을 하는 게 좋을까? 과할 정도로 주변 사람을 신경 썼다. 지나치게 헤아리고 눈치를 봤다. 현관문을 나가는 순간, 다른 사람을 의식하면서 잔뜩 경직된 상태로 하루를 살았다. 아침에 출근하는 순간 편안함과 자유는 현관 안에 보관해 두었다가 퇴근 후 현관문을 열고 나서야 되찾을 수 있었다. 집에 혼자 있는 것이 좋았다. 사회성이 뛰어나고 교우 관계가 원만하다는 수식어가 붙어 다니던 나에게는 이런 아이러니가 또 없었다.

다른 사람을 의식하고 사느라 정작 내 모습이 나에게 어떻게 비추어질지 의식하지 못하고 살았다. 남의 눈만 신경 쓰며 나를 몰아세웠다. 이미 예쁘고 착하고 칭찬받을 만한 점을 잔뜩 가지고 있었던 나를 사랑하지 않았다. 나를 인정하지 않은 상태로 타인의 인정만 찾고 있었으니 아무리 노력해도 나의 인정 욕구는 충분히 채워질 수 없었다. 혼자 있는 그 순간에만, 나는 다른 사람의 눈을 의식하지 않고 오롯이 자유를 누릴 수 있었다. 그러나 사회성이 뛰어나다는 평을 듣던 나였기에 혼자이기를 선택할 용기조차 쉽게 낼 수 없었다. 혼자 있겠다는 말도, 싫다는 말도 눈치 보느라 하지 못했다. 오라면 오고, 가라면 가는 줏대 없는 삶을 살았다. 그런지도 모르고 그렇게 살았다.

학교에서 아이들을 가르치는 일을 하다 보면 하나부터 열까지 모범적이고 사회성도 뛰어난 아이들을 종종 만난다. 자기 주장은 없고 양보만 하는 경우도 종종 있다. 덮어놓고 칭찬만 하기보다는 관찰부터 한다. 학부모 상담이 다가오면 아이가 집에서는 어떻게 지내는지 묻곤 한다. 마치 어린 시절 나를 보는 것처럼 안쓰러운 마음으로 들여다본다. 저 아이도 혼자인 것이 더 편한 건 아닌가 하고. 그때의 나의 경험이 나와 비슷한 어려움을 갖고 있는 아이들에게 도움이 될까 하는 기대에 유심히 본다. 사회성 뛰어난 모범생들에게 군중 속에서도 혼자인 듯 자유롭고 편안히 지낼 수 있도록 나의 경험을 자주 들려주려 한다.

1-2 장남이 가출했다 글빛혁수

몇 번이나 망설이다 겨우 문을 밀고 들어갔다. 나를 멀뚱히 보는 경찰 아저씨에게 "저 가출 소년인데요…." 하고 말했다. 지금이야 웃으면서 말하지만, 그때는 일생일대의 용기가 필요했다. 중학교 2학년짜리가 경찰서에 갈 일이 얼마나 있었겠는가. 그 와중에도 뭐 먹을 게 없나 두리번거렸던 것 같다. 사람이 배고프면 먹을 거 말고는 아무것도 안 보인다는 걸 그때 처음 알았다. 경찰서가 식당도 아니고, 아무리 봐도 눈에 띄는 건 난로 위에 올려진 커다란 주전자밖에 없었다. 떨리는 목소리로 마셔도 되는지 물었다. 된다는 말이 떨어지자마자 주전자를 들고 주둥이에 입을 대고 마시기 시작했다. 물이 가득 들어있었지만, 초인적인 힘으로 주전자를 번쩍 들고 꿀꺽이기 시작했다. 마침 미지근하니 마시기 딱 좋았다. 그 큰 주전자에 든 물 반은 마신 것 같았다. 안 들어갈 때까지 마시고서야 주전자를 내려놓았다. 나는 물배가 찼는지도 모르고 뭔가를 더 바라는 눈으로 경찰 아저씨를 쳐다봤다.

나는 삼 형제 중 장남이다. 집안의 장남이니 잘해줘야 한다는 말을 부모님, 집안 친척들에게 많이 들으면서 자랐다. 맛있는 것, 좋은 옷, 좋은 신발을 동생들보다 먼저 받았다. 잘못해도 별로 혼나지 않았다.

잘한 건 집안이 들썩거릴 정도로 칭찬받으면서 자랐다. (뭘 그렇게 잘했었는지, 특별히 기억나는 건 없다. 밥을 많이, 두 그릇씩 먹어도 잘했다고 소문이 났었던 것 같다) 장남이 집안을 일으켜야 한다는 말을 늘 들으면서 초등학교 어린 시절을 보냈다.

그러던 어느 날, 어머니가 집을 나가셨다. 아버지의 노름과 바람과 폭력에 못 이겨 그런 선택을 하신 것이다. 초등학교 5학년, 어린 마음에도 어머니가 잘하셨다는 생각이 들었다. 그래서 원망하는 마음도 안 들었다. 자식들 생각에 참고 살려고 하셨지만 이대로는 죽겠다는 생각에 어쩔 수 없었다고 어머니는 나중에 내게 말씀하셨다. 내가 죽으면 우리 삼 형제는 누가 키우나, 하는 걱정으로 그런 선택을 할 수밖에 없었다고 하셨다.

아버지의 노름 중독으로 집에 돈이 남아나지 않았다. 얼마 안 되는 땅에서 나오는 쌀과 젖소에서 짠 우유를 판 돈은 항상 어딘가로 사라지는 것 같았다. 그 돈은 어머니에게, 우리에게 언제나 부족하게 들어왔다. 돈이 들어있었어야 할 빈 봉투를 손에 쥐고 증오의 말을 사무치게 내뱉던 어머니의 모습, 습자지처럼 얇은 똥색 봉투를 구겨 잡은 어머니의 울음소리가 아직도 들리는 듯하다.

중학교 2학년이 되었을 때, 부모님은 결국 이혼하셨다. 나는 졸지에 소년 가장처럼 돼버렸다. 어머니가 안 계셔도 아버지는 술, 노름, 바람을 하나도 버리지 못했다. 한 달에 한두 번, 집에 들어올까 말까였다. 아버지가 주는 얼마 안 되는 생활비로 밥을 하고 동생들 도시락을 싸야 했다. 화장실도 밖에 있다시피 한 곳에서 동생들과 살았다. 그러다 결국 동생들은 짐을 싸서 서울 외갓집으로 올라갔다. 그대로 놔두면 사람 구실 못 할 거라고 어머니가 외갓집으로 불러올린 것이다. 가끔 아버지는 '새엄마'라는 사람을 데려왔다. 갑자기 젊은 여자를 데리고 와선 '엄마'라고 부르라고 했다. 내가 있는데도 옷을 훌렁훌렁 벗어대는 그 '새엄마'들을 보기 싫어 가출을 했다. 같은 동네에 사는 3학년 선배를 따라나섰다.

선배는 시장에서 물건 훔치는 법을 알려주었다. 선배는 쥐도 새도 모르게 잘 훔쳤다. 시장 가판대 위에 널브러진 옷가지를 쏙 빼 들고 번개같이 뛰었다. 나는 도저히 떨려서 따라 할 생각도 하지 못했다. 딱 한 번, 티셔츠를 들고 뛰었다. 잡히면 죽는 줄 알고 계속 달렸는데, 뛰다 보니 형이 없었다. 결국 못 찾고 동대구역으로 갔다. 혹시 우리가 헤어지게 되면 동대구역에서 만나기로 미리 약속을 해두었기 때문이다. 동대구역까지 가서 기다렸지만, 형은 끝내 오지 않았다. 역전 의자에 누워, 주워 온 신문을 덮고 밤을 보냈다. 여름이 끝날 무렵이라 춥고 배가 너무 고팠다. 선배가 있을 때는 어떻게든 훔쳐서라도 먹었는데, 숫기가 없어 혼자 쫄쫄 굶는 수밖에 없었다. 목이 마르고 현기증이 났다. 하루를 기다렸지만, 형은 끝내 오지 않았다. 어쩔 수 없이 파출소에 가기로 했다. 가출하고 배고플 때 경찰서 가면 밥을 준다는 말을 어디선가 들은 기억이 났다. 동대구역을 나와서 하염없이 걸었다. 얼마나 걸었을까, '침산동'이라고 쓰여 있는 도로표지판을 지났을 때쯤 겨우 작은 파출소를 찾았다.

물배를 채우고 경찰서에 앉아 있으니 선생님이 나를 데리러 오셨다. 학생 주임 선생님이었다. 무서운 체육 선생님이었는데, 그때는 웃으며 나를 보듬어 주셨다. 학교는 대구 시외에 있는 가창 중학교였다. 교무실로 가니 선생님들이 거의 다 계셨다. 모두 뭐라 뭐라 하셨는데 하나도 기억나지 않는다. 배가 너무 고파 머리가 하얘졌다. 뭐 먹고 싶냐고 어떤 선생님이 물어보셔서 "짜장면 곱빼기 두 그릇이요"하고 말했다. 일단 먹고 보자, 하는 마음이었다. 잠시 후 짜장면이 왔고, 침을 질질 흘리면서 먹기 시작했다. 하지만 반 그릇도 못 먹고 젓가락을 놓고 말았다. 경찰서에서 물을 많이 마셔 배가 꽉 찼기 때문이다. 신물이 넘어와 도저히 먹을 수 없었다. 남은 한 그릇은 나를 데려오신 선생님이 드셨다. 덕분에 잘 먹는다고 내게 웃으며 말씀하셨다. 나는 엉덩이 빠따도 맞지 않았고, 다른 어떤 처분도 받지 않았다. 겨우 중학교 2학년이었기에 봐주신 것이리라. 그렇게 어린 시절을 보냈다.

어린 시절, 즐거웠던 기억은 별로 없다. 중학교 2학년 때 부모님은 이혼하셨고, 동생들은 서울 외갓집으로 갔다. 그때부터 혼자 살다시피 했다. 어머니는 군대 가기 전 잠시 만났었지만, 같이 산 건 제대하고 나서였다. 어머니는 내 나이 50이 된 지금도 '어렸을 때 해준 게 없어 미안하다'고 말씀하신다. 전화 통화 10번에 5번은 그러신다. 하도 그러시니, 오히려 지금 이런 생각이 들기도 한다. 내가 어렸을 때 좋은 부모, 좋은 환경에서 자랐다면 어땠을까. 공부도 열심히 하고 잘 자라 일찌감치 결혼도 하며 잘 살았을까. 물론 그럴 수도 있었겠지만, 어려운 환경

일수록 효도하고 잘된 사람도 많다. 결국 나 하기 나름이었다고 마침표가 찍힌다.

하지만 장남이라고 나를 믿어주었던 만큼, 어른들의 손길을 조금이라도 느끼면서 살았었다면 어땠을까.

어머니한테는 내 나이가 몇인데 아직도 그러시냐고 웃어넘기지만, 그 말과는 반대로 나이 먹을수록 마음 한 곳이 자꾸 허전해지는 건 왜 그런 걸까.

1-3 눈치 보고 신경 쓰고

글빛현주

"현주야, K가 네 욕 하고 다니던데. 알고 있어?"

"K가? 내 욕을 한다고?"

"그냥 뭐, 나쁜 년이라고…. 나는 너를 잘 몰랐잖아. K가 하는 말만 듣고 오해했지."

어리둥절했다. B가 지금 무슨 말을 하는 거지. K가 왜? 이유를 모르겠다. 갑자기 머리가 띵했다. 감기가 오려나. 목에 둘둘 말린 목도리를 코끝까지 끌어 올렸다. 창틈으로 들어오는 바람에 눈이 시렸다.

고등학교 1학년 겨울방학이 끝났다. 2학년, 새로운 반으로 등교했다. 친한 친구들은 모두 3반이다. 낙동강 오리알처럼 나만 다른 반. 그나마 같은 학교, 옆 반이란 사실에 위로가 됐다. 긴 복도 끝에 있는 교실 문 앞에 섰다. 숨을 크게 쉬었다. 나무로 된 미닫이문은 바닥을 열심히 쓸고 닦아도 여닫을 때마다 덜컹거리며 요란한 소리를 냈다. 누가 교실 문만 열어도 일제히 고개를 돌렸다. 시선 집중. 아무도 모르게 조용히 들어가고 싶었다. 손가락 끝에 힘을 줘 살짝 들어 올렸다. 도둑고양이처럼 살금살금 최대한 소리 나지 않게 천천히 옆으로 문을 밀었다. 아무도 쳐다보지 않기를 바라며.

삼삼오오 짝을 지어 웃고 떠드는 아이들 일제히 나를 봤다. 어디를 쳐다봐야 할지 당황했다. 빠르게 눈을 굴려 빈자리를 찾았다. 창가 옆 끝자리. 가방끈을 꽉 쥐었다. 자리만 뚫어지게 바라보며 걸었다. 책상 위에 가방을 내려놓고 조심스레 의자를 뒤로 당겼다. 아이들은 금방 또 저들끼리 시끌시끌했다. 자리에 앉았다. 가방을 열고 책을 꺼냈다. 한 번도 펴지 않은 새 책 대충 아무 페이지나 펼쳤다. 눈은 책을 보고 있었지만, 귀는 아이들 이야기 소리에 집중했다. '설마 아는 애가 한 명도 없겠어.' 교실을 둘러보니 빈자리가 제법 있었다. 드르륵. 나도 모르게 교실 문 쪽으로 고개를 돌렸다.

집중력이 짧은데, 기억력도 나쁘다. 건너편에 앉아 있는 K를 보며 '어디서 본 것 같은데.'라고 고개를 가웃거렸다. 기억나지 않아 답답했다. 선뜻 말을 걸지도 못했다. 쭈뼛거리다 결국 일주일이 지났다. 시간이 지나면서 알은체하기는 점점 더 어려웠다. '에라, 나도 모르겠다. 나중에 기회가 생기겠지.' 그렇게 또 일주일이 갔다.

"현주야! 너 이현주 맞지?"

문을 열고 교실로 들어오는 나를 보며 소리 높여 인사하는 K. 중학교 2학년 때 우리가 같은 반이었단다. 자기도 나를 보며 긴가민가했다고 반갑게 웃었다. 괜히 미안한 마음에 미소만 지었다. 그 후 우린 빠르게 친해졌다. K는 재미있고 쾌활했다. 친구도 금방 사귀었다. 유쾌한 성격의 K는 인기도 많았다. 내 친구라는 게 뿌듯했다. 다섯 명이 우르르 몰려다녔다. 점심도 같이 먹고, 별것 아닌 일에도 깔깔 웃었다. 바늘 가는 데 실 간다고 어디를 가든 따라갔다. 수업이 끝나면 학교 앞 분식집에서 떡볶이도 먹었고 주말엔 자취하는 친구 집에 놀러 가기도 했다. 1학년 때 친구들 생각나지 않았다. K 덕분에 학교생활이 즐거웠다. 고마운 친구 K. 무엇이든 해 주고 싶었다.

1989년 고등학교에서 야자(야간자율학습)를 했다. 반강제로 교실에 남아 있었다. 가끔 친구들과 함께 무단으로 야자를 빠졌다. 걸어서 십여 분이면 천안역, 번화가다. 처음 한두 번은 걱정됐지만, 점점 무뎌졌다. 다음 날 학교에서 친구들을 만나면 자랑하듯 떠벌리기도 했다. 몇 번 반복하니 슬슬 흥미가 떨어졌다. 하는 일 없이 시내를 뱅글뱅글 돌다가 야자 끝날 때쯤엔 다시 학교로 돌아와야 했다. '굳이 나가야 하나?'란 생각이 들었다. 엄마가 데리러 온다는 것을 핑계 삼아 나가지 않았다.

이제 우리랑 안 놀고 공부하려고 하냐, 배신자, 너는 친구도 아니다. 농담처럼 웃으며 던지는 말. 내가 너무 이기적인가. 미안한 마음에 몇 차례 또 따라나섰다. 재미없었다. 이런저런 이유를 만들어 나가는 걸 피했다. K도 눈치챘는지 더 권하지 않았다. 어울리는 횟수가 줄어들어 그런지 이상하게 친구들 눈치가 보였다. 나를 피하는 것 같은 기분도 들고. 괜히 다가가는 게 불편했다. 그렇다고 다투거나 싸움을 한 건 아니었다.

언제부턴가 눈이 마주치면 고개를 홱 돌려버리는 K. 다가가 말을 걸려다 그만두기를 반복했다. 큰 소리로 웃으며 이야기할 땐 괜히 엎드려 자는 척도 했다. 인사해도 모르는 척 받아주지 않았고, 묻는 말엔 대답도 없었다. 저들끼리 놀고, 저들끼리 떠들고…. 친구라더니 서운한 마음이 올라왔다.

며칠 후, 무슨 일인지 속닥거리며 턱으로 나를 가리켰다. K는 말을 멈추고 빤히 나를 쳐다봤다. 눈도 깜빡이지 않았다. 피식 웃으며 벌떡 일어나 다가왔다. 못 본 척 빠르게 고개를 돌렸다. 다가오는 발소리에 별별 생각이 다 들었다.

"야! 이현주, 너 아직 우리 친구지?"

차가운 눈빛에 딱딱한 목소리. 앉아 있는 나와 서 있는 K. 고개를 들어 얼굴을 쳐다봤다. 야자시간에 남자애들과 미팅하러 간다고 하며 선생님이 오면 거짓말 좀 해 달라는 거다. 머리로는 안 된다고 했지만, 이미 고개는 끄덕이고 있었다. 그날 저녁 복도를 지나는 발소리만 들려도 창으로 그림자만 길게 늘어져도 심장이 쿵쾅댔다. 드르륵 열리는 문, 빈자리를 보고도 선생님은 아무 말 하지 않았다. 안도의 한숨이 나왔다. 그런 일이 두 번, 세 번…. 반복됐다. 그래도 친구니까. 친구라고 했으니까. 불편한 마음을 숨겼다.

왜 그랬을까? 묻고 싶었지만 못 했다. 우린 친구라고 했지만 이미 친구가 아니었다.

다른 사람의 기분이나 감정에 자주 휘둘렸다. 어떻게든 맞추려 노력했다. 싫어도 싫다는 말 하지 못했고 불편해도 참았다. 반복하니 습관 됐다. 나만 가만히 있으면 괜찮을 거라고. 내 속엔 왜 바보처럼 말 못

하냐고 꾸짖는 나도 있고, 괜찮다고 다 지나간다고 다독이는 나도 있었다. 친구들의 시선을 의식했다. 눈치를 보고 괜스레 겁을 먹었다. 자존감도 낮았고 스스로 믿지 못했다. 친구를 배려한다는 말 뒤에 숨은 겁쟁이였다.

솔직하지 못했다. 내가 한 행동은 결코 친구를 위하는 게 아니었다. 이제 돌이켜 보면 친구도 서운한 마음이 들었을 거다. 내가 먼저 다가가 진심으로 말했다면 어땠을까. 용기 내 마음을 표현했더라면. 우리가 달라지지 않았을까. 그때, 그 시절로 돌아간다면 나에게 말해 주고 싶다.

"괜찮아, 솔직하게 말해. 우리 친구잖아."

1-4 공감과 휘둘림 사이

김나라

"저기 학생, 내가 차비가 없어서 그러는데 3만 원만 빌려줄 수 있어요?"

터미널 인근 영화관 아르바이트에 출근하는 길이다. 50대로 보이는 아저씨가 나에게 말을 걸었다. 부산 버스를 타고 집으로 돌아가야 하는데 지갑을 잃어버렸다 한다. 찌푸려진 미간, 굽신하는 듯한 자세로 나를 애처롭게 바라본다. 내 손은 곧바로 앞주머니로 향했다. 넣어 둔 현금이 있었나. '정확히 얼마가 있지?' 청바지에 손을 넣어 지폐를 꺼냈다. 겹쳐 있는 돈을 펼쳐 장수를 확인했다. 이만 삼천 원이다. 주말 본가에 다녀왔다. 엄마께 받은 용돈에서 남은 돈이다. 이것밖에 없다 했다. 그거라도 빌려달라셨다. 아르바이트로 용돈을 벌어 쓰고 있는 나에게 돈은 충분치 않았다. 그러나 사정이 딱한 것처럼 느껴졌다. 고민 없이 돈을 건넸다. 아저씨의 상황과 어린 시절의 내가 겹쳐 떠올랐다.

초등 2학년, 시내버스를 타고 학교에 다녔다. 차로 15분 정도의 거리다. 당시 230원짜리 종이 차표를 끊어 버스를 탔다. 집으로 가는 어느 날, 손에 차표를 쥔 채 깜박 잠이 들었다. 신호에 걸려 멈춘 버스 급정거에 고개를 떨구며 번뜩 눈이 떠졌다. 우리 집 두 정거장 앞이다. 무륜에 올려놓은 가방을 다시 들어 내릴 준비 했다. 그런데 분명 아까 손에 들고 있던 차표가 보이지 않는다. 급하게 가방을 뒤졌다. 가방에 달린 모든 주머니를 확인했다. 없다. 몸을 숙여 앞좌석, 뒷좌석 주변을 고개 돌려가며 눈으로 샅샅이 살펴보았다. 얼굴이 빨개졌다. 이제 진짜 내려야 할 정류장이다. 사실대로 말씀드리는 방법밖에 생각나지 않았다. 버스가 서기 직전, 기사 아저씨 옆으로 가 봉을 잡고 섰다. 내리는 사람은 나뿐이다. 까만 선글라스를 낀 기사 아저씨의 얼굴이 차갑게 느껴졌다. 내 말을 믿지 않으면 어쩌나 싶었다. 믿어주었으면 하는 마음이 간절했다.

"아저씨, 아까 손에 차표 있었는데…. 없어졌어요…."

금방이라도 눈물이 나올 것 같았다. 목이 메었다. 버스 소음 때문에 크게 말해야 하니 더 흔들리는 목소리였다. 기사 아저씨는 뒤 승객 자리를 보는 룸미러로 나를 쳐다봤다. 지긋이 바라보다가 무심한 듯 툭 하고 기다란 막대 스위치를 올렸다. 버스 문이 열렸다. 어린 마음에 차표 잃어버려 못 내릴 줄 알았다.

"감사합니다."

'휴….'

상황은 다르지만, 차표가 없어 집으로 돌아가지 못하는 아저씨가 안타까웠다. 버스표 잃어버린 그때의 내가 생각났다. 아저씨의 사정에 곧바로 주머니를 뒤적거렸다. 고민 없이 돈을 건넸다. 아저씨는 고맙다며 고개를 숙였다. 그러고는 바쁜 발걸음으로 나와 멀어져갔다. 그렇게 몇

걸음 걷는데 아차 싶었다. 이제 와 보니 돈을 되돌려 받을 방법이 없었다. 분명 돌아가면 돈 보내주신다고 했다. 그런데 계좌번호는 물론이고 전화번호 하나 나누지 않았다. 물어볼 새도 없이 몇 분 만에 끝난 일방적인 거래였다. 걸음을 멈춰 뒤돌아보았다. 시선을 멀리 두어 아저씨가 간 쪽을 바라보았다. 아르바이트 출근 시간이 5분 남았다. 직접 찾으러 나설 순 없었다. 어딘가 모를 찜찜한 기분으로 출근했다. 근무를 위해 옷을 갈아입는 방에서 친구를 만났다. 방금 있었던 일을 말했다. 자기도 지난번 어떤 아저씨가 차비를 빌려 달라 한 적이 있다고 했다. 일종의 사기라고 했다.

얼마 가지 못해 또 비슷한 일을 겪었다. 내가 다니던 영화관 아르바이트의 출근길은 터미널과 백화점, 서점 등 문화 시설이 모여있다. 유동 인구가 특히나 많다. 그만큼 사람들도 다양하다. 일명 "도를 아십니까?"라고 묻는 사람을 서너 달에 한 번은 만났다. 그럴 때면 묵묵부답으로 일관했다. 출근하던 어느 날, 연락이 없던 A에게 약 1년 만에 메시지가 왔다. 잘 지내냐는 안부 인사였다. 보고 싶다며 언제 시간이 있으면 만나자는 제안에 약속을 잡았다. 얼마 뒤 A는 나에게 소개해 주고 싶은 좋은 지인이 있다며 함께 만나자고 했다. 워낙 편한 사이였기에 흔쾌히 동의했다. 며칠 후 약속 날 카페 안에서 A를 기다리고 있었다. 40대 중반쯤으로 보이는 낯선 여자가 나에게 말을 걸었다. 혹시 A 씨 지인이시냐 물었다. 그렇다고 하니 기다리는 동안 이야기 나누고 있자며 커피를 사주셨다. 이런저런 일상을 주고받다 도움이 되는 이야기를 해주겠다며 책을 하나 꺼내셨다. 죄다 한문으로 적힌 책이었다. 옛날 책처럼 보였다. 낱장을 넘기며 설명을 시작했다. 지인이니 일단은 이야기를 잘 들어야 한다는 생각에 집중해 들었다. 도통 무슨 말인지 알 수 없었다. 들을수록 이상했다. 대충 내가 이해한 바로는 조상께 제를 지내야 한다고 한다. 이야기가 점점 더 길어진다. 말 끊을 틈을 노렸다.

"죄송한데요. 제가 무슨 말인지도 모르겠고, 너무 졸려요. 가봐야겠어요."

그분은 한술 더 떠 졸음이 오는 반응은 바로 제사를 지내야 하는 이유라고 말씀하셨다. 도대체 무슨 논리인지…. 그 한마디에 잠이 달아났다. 바쁘다며 인사하고 카페를 나왔다.

휘둘렸다. 처음 보는 사람에게 돌려받지 못할 내 마음을 선뜻 내주었다. 내 어린 시절의 경험에 머물러 다른 사람도 그럴지 모른다고 생각했다. 공감했지만 아이의 마음으로 휘둘렸다. 적어도 주머니에 든 용돈이 분명한 목적과 쓰임이 정해져 있었다면 빌려주지 않았을 것이다. 잠이 오도록 이상한 논리를 귀 기울여 들었다. 타인의 영역에 쉽게 휘둘려 시간을 소비했다. 아르바이트와 학교생활, 그 외 시간은 딱히 적극적으로 하고 싶은 일이 없었다. 필요로 해야 하는 일만 했다. 하지만 지금은 다르다. 기록과 계획하는 삶을 시작하면서 매일 내 중심을 잡는다. 과거의 부족했던 나를 자각할 수 있었다. 내게 주어진 하루의 시간, 누군가에게 쉽게 휘둘리지 않는다.

1-5 아플 땐 나 먼저 챙겨야

백란현

2023년 6월 5일. 방바닥이 나를 당겼다. 몸이 땅속으로 꺼지는 기분이 들었다. 몸에 힘이 없었다. 아파도 일했다. 타이레놀을 먹고 학교에 갔다. 수업 마치자마자 병원에 가야 할 것 같았다. 영어, 체육, 과학을 가르치는 교과전담 선생님들이 우리 반 학생들과 수업했다. 덕분에 월요일은 국어, 수학, 사회 세 시간만 가르치면 된다. 학생들이 영어실 간 사이 의자에 등을 기대었다. 눈을 감고 있었지만 잘 수는 없었다. 마스크를 착용한 채로 다음 수업도 이어갔다. 기운은 없지만, 담임으로서 5교시까지 마무리했다. 점심시간이 되었다. 병원에 가기 전이었다. 같은 테이블에서 밥 먹다가 학생들에게 독감이나 코로나를 전염시킬까 봐 염려되었다. 마스크를 벗지 못했다. 밥을 포기했다. 6교시 끝나고 학생들 하교 후 병원에 갔다.

"링거 맞을 수 있나요?"

코로나면 링거를 줄 수 없다고 했다. 독감과 코로나를 동시에 검사했고 A형 독감 판정받았다. 다음 날은 현충일이다. 집에서 쉴 수 있었다. 이번 주 출근은 어떻게 해야 할지 난감했다. 열이 나고 있는데 출근 걱정, 담임인 내가 교실을 비우면 아이들은 어떻게 되나. 학교 걱정만 했다. 의사 선생님은 격리를 권한다고 소견서에 적었다. 6월 8일에는 우리 학년 선생님 대상으로 인근 학교 사서교사가 독서교육 강의하러 올 예정이다. 내가 초청했기에 참여해야 한다. 독감인 사실을 말하지 않기로 하고 출근했다. 여전히 몸은 힘이 없었지만 하루에 세 번 약 먹고 있으니 견딜 만했다. 혹여 우리 학년 선생님들이 독감에 옮을까 봐 연구실에도 가지 않았다.

약 먹은 지 4일 차. 조금 나아졌나 보다. 6월 8일 독서교육 특강 듣는 날. 마스크 낀 채 1시간 함께 있었지만 나로 인해 독감에 걸린 사람은 없었다.

2015년 2월. 2014학년도 학교 업무가 끝나갈 때였다. 연구부장을 맡고 있었던 나는 2015학년도 학교 교육과정을 이끌어갈 새 연구부장에게 업무를 알려주어야 했다. 2015년 신학기 준비 회의에서 학교 교육과정 및 반별 시간표 짜는 강의를 했다. 연구부장 공식 업무로서는 마지막이었다. 그리고 열이 오르기 시작했다. 더 알려줄 내용도 있었다. 새 연구부장이 아직 일을 파악하지 못한 상태였다. 1년 동안 아파본 적 없이 일했다. 병원부터 갔다. 독감이었다. 바로 집에 가서 약 먹고 자고 싶었다. 그러나 그럴 수 없었다. 1년간 학교 행사 및 학년별로 몇 시간씩 수업해야 하는지와 관련하여 새 부장에게 인계해야 했다. 안내 없이 병가를 내면 새 학기 준비에 차질이 생길 테니까.

연구부 업무도 챙겨야 했지만 당장 교실 짐부터 빼내어 새로 사용할 교실에 옮겨둬야 했다. 2층 왼쪽 끝 교실에서 1층 오른쪽 끝 교실로. 수레는 없었다. 교사용 의자에 짐을 조금씩 실어 엘리베이터 쪽으로 가져가는 방법이 최선이었다. 시간은 저녁 6시가 넘었다. 밖은 어두워지고 있었다. 짐을 챙기고 있는데 새 부장이 교실에 들어왔다. 한 시간 동안 1년 치 연구부장 일을 설명해 주었다. 상세히 말해주기엔 시간이 모자랐다. 교실에 내 짐을 빼주어야 내일부터 새롭게 교실을 사용할 선생님도 이사 들어오고 업무를 챙길 수 있다. 책도, 사무용품도, 학생 교과 활동 자료도 많아서 빼낸 짐이 복도를 채웠다. 2학년 1반에서 1학년 1반으로 옮긴 후 버릴 것은 정리하기로 했다. 쓰레기까지 남김없이 옮겼다. 짐 옮기면 땀이 나야 하는데 더 추웠다. 어떻게 집에 갔는지 기억이 나지 않을 정도다. 체온을 쟀더니 39도다. 약을 먹어서 이 정도인가 싶었다.

독감인데 나 아프다고 징징거릴 수도 없었다. 참고 견뎠고 교실 이사도 마쳤다. 며칠 끙끙 앓았다. 방에서 나오지도 못했다. 그 와중에 학교에서는 전화가 여러 번 들어왔다. 새 부장은 신학기 연구부장 업무 파악이 덜 되었다. 목도 부어 목소리도 나오지 않는데 내게 전화 주는 학년마다 시간표 작성 방법을 안내해 주었다.

"연구부장이 되자마자 2015학년도 교육과정은 제가 공부하면서 기획했어야 하는데 아쉽게 되었네요."

"몸 괜찮아요. 얼마든지 전화하세요."

통화 끝나자마자 누웠다. 폰을 잡고 있었던 손에 힘이 풀렸다. 새 연구부장을 돕고 싶더라도 내 몸부터 챙겨야 한다.

"1학년 입학 준비해야 하는데 3일씩이나 병가를 내면 어쩝니까."

“교감 선생님 죄송합니다.”

아픈 것도 죄였다. 아프면 우리 반은 누가 책임지고 당장 보고할 공문은 누가 보내야 할까 싶어 ‘아프면 안 돼, 아프면 안 돼.’ 1년간 긴장하며 살았다. 결국 ‘나’를 챙기지 못했다.

독감이라 교직원 모두 출근한 평일엔 학교에 가지 못했다. 2월 28일과 3월 1일 교직원이 나오지 않았던 이틀간 학교에 갔다. 3월 2일에 있을 입학을 위해 물품을 챙겼고 교실 짐도 수납함에 넣었다. 입학식 분위기가 나도록 교실 게시판에 꽃도 여러 송이 붙였다. 열은 떨어졌고 처방받은 독감 약도 다 먹었지만, 여전히 기운은 없었다. 그래도 1학년 교실 정리하고 나니 안심이 되었다.

두 번, 독감으로 인하여 몸이 아팠던 시절이 있었다. 그래도 출근했고 일을 챙겼다. 내가 일하지 않으면 동료와 학생들에게 피해를 준다고 생각했다. 오히려 건강관리를 잘하지 못했던 나를 질책했다.

어느 날 저녁 과자 한 봉지를 먹은 적 있었다. 평소에는 과자를 먹어도 문제없었다. 그날은 달랐다. 자려고 누웠는데 두피가 가렵기 시작했다. ‘머리를 안 감아서 그런가.’ 조금 지나니 화끈거렸다. 목도 가렵기 시작했다. 온몸을 긁었다. 잠을 자다 깨다 반복했다. 오후에 조퇴해서 병원 가야겠다고 마음먹었다.

다음 날 아침이 되었다. 몸에 피가 날 것처럼 긁어댔다. 이러다 수업도 제대로 할 수 없을 것 같았다. 병원부터 가게 생겼다. 급히 나이스에 보안 로그인해서 병 지각 결재를 올렸다. 우리 학년 체육 선생님에게 우리 반 두 시간 수업을 부탁했다. 가려움증으로 인하여 주사부터 맞았다. 병 지각하길 잘했다는 생각이 들었다. 흔히 있는 일은 아니지만 학생들은 체육 선생님과 체육을 두 시간이나 했다고 알려주었다.

선생님 없어서 아이들이 방치되는 일은 없었다. 가려움증으로 병원부터 간 날, 과거 독감이었지만 내가 일하지 않으면 피해준다고 생각했던 날들이 떠올랐다. 독감이면 마음 놓고 병가 써도 되는 상황인데 말이다. 아프지 않고 사는 게 좋겠지만 살다 보면 면역력 떨어질 때 있다. 그땐 내 몸부터 챙겨야 한다.

내 몸이 건강해야 일에도 능률이 오른다. 아플 땐 다음 일정을 위해서라도 일단 쉬어가자.

1-6 살림 밑천 장녀 소유

나는 맞벌이 가정에 1남 1녀 중 첫째로 태어났고, 남동생과는 네 살 차이가 난다. 한참 떼쓰고 투정 부릴 나이에 동생이 태어났다. 나에게 관심과 사랑을 듬뿍 주시던 부모님의 관심은 동생 차지가 되었고, 맞벌이와 육아에 지친 부모님은 짜증과 화가 늘고, 부부싸움도 잦아졌다. 나는 그런 부모님을 돕거나 귀찮게 하지 않도록 응석도 참고, 속으로 삭이며 조심스럽게 행동했다.

나는 갈수록 말수가 적어졌고, 최대한 눈에 띄지 않도록 조용히 지냈다. 그래서인지 자주 체하고 구토했다. 그럴 때 내게 필요한 것은 토닥임과 위로였지만, 부모님은 일을 만들었다며 핀잔을 주었다. 이래도 혼나고 저래도 혼났다. 가만히 시키는 대로 하고 조용히 있으면 혼나지 않았다. 스트레스가 쌓여갔다. 그때마다 주로 동생한테 화풀이했다. 부모님이 내게 하는 것처럼 심부름시키고 안 하면 혼내고, 간식을 뺏어 먹거나 구실을 만들어 괴롭혔다.

학창 시절에 공부를 안 해서 혼났던 적은 없었지만, 엄마 심부름을 안 해놨거나 어린아이 같은 행동을 하면 혼나거나 회초리로 맞았다.

장녀는 살림 밑천이라는 말을 어릴 때부터 주변 어른들과 엄마한테서 자주 들었다. 그 시절에는 그런 말이 이상하다고 생각하거나 토를 다는 사람이 없었다. 드라마나 주변에서 부모님을 돕고 동생들을 돌보며 자신은 희생하는 장녀 이야기가 흔했었다.

학교에서 공부도 제법 잘했고, 미술, 글짓기, 서예, 노래, 춤 등으로 큰 대회도 나갔다. 교회에서 사회를 보거나 독창하는 등 활동이 많았다. 집에서는 아무도 나에게 관심을 갖거나 지원해 주지 않았다. '큰애니까 알아서 잘하겠지'라고 생각한 것 같다.

고등학교 졸업 후 아버지는 음주로 인한 병세로 몇 년간 입원하셨다가 대학등록을 앞둔 시기에 돌아가셨다. 그 시기부터 가정 형편은 기울어졌고, 엄마는 내가 대학에 가는 것보다 경제활동을 하기를 바라셨다. 대학등록은 포기하고 변호사 사무실에서 일을 시작했고, 급여의 일정 금액은 생활비로 드렸다.

동생은 나와 달리 학창 시절 하고 싶은 것을 부모님께 요구해서 태권도 학원도 다녔고, 그림을 배우고 싶다며 비싼 미술학원도 다녔다. 성인이었던 나는 동생을 위해 미술 학원비와 용돈, 대학 등록금을 지원했다. 동생은 그럴 때마다 미안했는지 "누나 고마워. 내가 나중에 돈 벌면 꼭 갚을게."라고 말했다.

그 말을 듣고 동생에게 도움이 됐다는 생각에 뿌듯함을 느꼈고, 동생이 잘되기를 바랐다. 급여를 쪼개서 가족에게 나누어 주고 남은 돈으로 생활하는 것은 장녀인 나에게 당연하다고 생각했다.

엄마는 내가 고등학교를 졸업하고부터 선을 보게 했다. 아무것도 모르는 어린 나이에 선이라니 받아들이기 힘들었다. 선을 봐도 한 번 이상 만나지 않았고, 상대가 이성으로 보이지 않았다. 나는 지쳤고 스물셋에 자주 어울려 다니던 동갑내기 이성 친구와 도피하듯 결혼했다. 결혼을 했지만 친정에서의 나의 역할은 바뀌지 않았다. 결혼하면 친정과 분리될 줄 알았는데, 엄마와 군대 간 동생은 힘들거나 돈이 필요할 때마다 나에게 의존했다.

그렇게 내 인생의 중심에 엄마와 남동생이 나보다 우선이었다. 홀어머니와 어린 동생을 돌봐야 한다고 생각했다. 아이를 낳았으나 행복감보다는 돌봐야 할 대상으로만 느껴졌다. 동갑이었던 남편은 가정에 충실하지 않았고, 철없는 남편과 시댁까지 책임감이라는 무게로 내 어깨를 누르고 있었다.

나는 감당하기 어려웠던 4년간의 결혼생활을 정리했다. 4년 동안 자주 몸이 아팠다. 자주 병원에 갔고, 검사를 해도 특별한 이상이 없었다. 대학병원에 갔더니 천식 같다며 약물 치료를 했다.

'왜 귀가 멍하지?'

'숨이 안 쉬어지고 금방 죽을 것 같아.'

'땅바닥에 발이 안 닿는 것 같아.'

'저 사람들은 뭐가 저렇게 즐거울까?'

'사람들이 쳐다보면 너무 수치스러워.'

'밤새 못 잤는데 안 졸리네.'

'안 먹어도 배가 안 고프네.'

지금 생각하니 우울증, 대인기피증, 공황장애에 시달리고 있었다. 정신과에 간다는 것은 흔히 미쳤다고 표현했고, 정신병자로 낙인이 찍히던 시절이었다.

그렇게 정신과 신체는 병들어 가고 있었고, 살아가야 할 길을 잃고 헤매고 있었다. 내 모습이 참을 수 없이 초라하고 혐오스럽게 느껴졌고, 인생에 실패한 나에게 사람들이 손가락질하는 것 같았다. 다시 회복하지 못할 것 같다는 생각이 들었다. 그때 나이 스물일곱이었다.

작은 방에서 나오지도 못하고 있던 나는 유서를 작성했다. 지금은 내용이 잘 기억나지 않지만, 동생에게 누나로서 도움이 되지 못하고 실패한 모습을 보여 미안하고, 엄마에게 불효하게 되어 죄송하다고 적었다. 며칠 동안 먹지를 못해 깡마른 몸을 이끌고 피우지도 못하는 담배 한 개비와 라이터를 들고 15층 옥상 입구까지 올라갔다. 그런데 이게 무슨 일인가! 15층 옥상 문이 자물쇠와 쇠사슬로 잠겨 있었다. 전혀 예상하지 못했던 상황이라 한숨이 나왔다. 순간 이성이 돌아왔다. 그리고 계단에 털썩 주저앉아 담배에 불을 붙였다. 깊은숨을 내쉬니 조금씩 차분해졌다. 이성이 돌아옴과 동시에 두려움이 밀려왔고 온몸에 소름이 돋는 것 같았다. 그 순간에 이런 생각이 들었다.

'이렇게 무서운 짓을 할 용기로 살면 되는 거 아닌가?'

오랜만에 긍정적인 생각을 했다. 엄마와 동생에게 평생 남을만한 미안할 짓을 할 용기가 있다면, 지금은 잠깐이면 지나갈 것이고 정신 차리고 무슨 일이든 시작해서 잘살면 될 텐데.

그 일이 있고 나서 나는 취업을 했고, 자연스럽게 사람들도 만나게 되었고, 전처럼 가족에게 생활비도 보냈다. 무슨 일이 있었냐는 듯 아무렇지 않게 잘 지내고 있었다. 그렇지만 어린 나이에 이혼녀라는 꼬리표는 어딜 가도 당당할 수 없었다. 말할지 말지 고민했고, 사실을 알게 된 사람들은 색안경을 끼고 있었다.

"얌전한 고양이가 부뚜막에 먼저 올라간다더니."

라는 말이 들릴 정도였다. 가족도 반쪽이 되어 기죽어 있는 나에게 좋은 말을 하지 않았다.

"그럴 거면 그냥 살지 왜 이혼은 해서."

"네가 나한테 뭘 도와준 게 있어?"

"누나가 나를 얼마나 도와줬다고?"

그런 가족의 말은 다른 사람들의 말보다 몇 배 더 나를 힘들게 했다. 대학생이 된 동생은 나를 무시하기 시작했다. 엄마는 그런 동생과 나를 비교했고 한심하게 생각하며 매일 잔소리를 했다. 누구에게도 기댈 곳이 없던 나는 방황을 했다. 무언가 시작해도 얼마든지 가능했을 나이임에도 인생 벼랑 끝에 있는 느낌이었다. 바보가 된 것 같고 가슴이 텅 빈 것 같았다. 1년간 위자료로 조금 받은 돈을 탕진하면서 일도 하지 않고 친구들과 어울렸다. 지금 생각해 보면 살림 밑천으로 살면서 억눌렸던 분노, 책임감에서 벗어나고 싶은 욕망, 이혼으로 인한 상실감들을 해소하는 시간이었던 것 같다.

1-7 둘째라서 슬펐다 송기홍

나는 둘째로 태어난 것이 슬펐다.

왜 나는 둘째로 태어나서 남의 집에 보내져야 하나! "나, 그 집에 가기 싫어, 나 보내지마!"라고 소리쳤어야 하는데, 아무런 말도 못 하고 이불속에서 한없이 눈물만 흘렸다.

내가 초등학교에도 들어가기 전이었던 것으로 기억된다. 어렴풋이 잠든 시간이었는데, 머리맡에서 작은 소리로 대화하시는 부모님의 대화를 들었다.

"새집 형님이 오늘 내게 말하기를 '아들 하나 입양 보낼 수 있냐고 했어. 우리는 애들이 일곱이나 되고, 그중 아들이 셋이나 되니, 우리 아들 셋 중 하나 보내주면 형님이 잘 키워주고, 대학까지 공부시켜줄 수 있다'는데, 어떻게 하지?"

"....."

"우린 가난해서 대학은 꿈도 꿀 수 없는데, 대학도 보내준다는 거야 어떻게 할까? 큰 애는 맏이라서 안 되고, 막내는 너무 어리고, 둘째를 보낼까? 둘째를 보내는 것이 낫겠지?"

"....."

조심스럽게 꺼낸 아버지의 말에 엄마는 말이 없었다. 엄마는 대답 대신 울고 계신 것 같았다. 난 이불 속에서 부모님의 이야기를 들으며, 소리도 내지 못하고 눈물을 삼켜야 했다.

그날 밤 잠결에 들었던 부모님의 이야기 때문에, 내가 둘째로 태어난 것이 슬펐다. 그 일이 있고 난 뒤 부모님 눈치를 살피기 시작했다. 혹시 그 집으로 보내질까 봐 항상 눈치를 살폈다.

그 일이 있기 전에는 나는 그 집을 무척 부러워했었다. 우리 집은 가난하고, 그 집은 부잣집이라서 나는 그 집이 늘 부러웠다. 그런데 내가 부모님을 떠나서 그 집으로 보내질지도 모른다고 생각하니 서러움이 목구멍까지 올라왔다. 나는 이불속에서 소리도 내지 못하고 눈물만 주르륵 흘렸다. 울다가 또 잠이 들었다. 깨어보니 아침이다.

그날 후로 나는 눈치 보는 아이가 되었다. 부모님의 표정을 늘 살폈다. 부모님이 날 언제 버릴까? 늘 조마조마한 마음이었다. 부모님이 부르면 언제나 달려가야 했다. 우리 집은 초등학교와 가까이 있었고, 초등학교 운동장이 내려다보였다. 친구들과 놀다가도 집에서 부르면 어김없이 달려갔다. 부지런하셨던 부모님은 언제나 일에 바빴다. 들에 가서 함께 일하자고 부르시면 난 할 수 없이 그렇게 해야 했다. 말을 듣지 않으면 그 집으로 보내질지 모른다는 공포감이 늘 있었다. 그래서 학교에서 집이 먼 친구들이 부럽기까지 했다. 나는 그렇게 불려가서 내키지 않는 일을 부모님 눈치를 보며 해야 했다. 친구들과 더 놀고 싶은데 그럴 수는 없었다. 그것이 습관이 되었다. 언제나 남의 눈치를 살피게 된 것이다. 다른 사람이 내게 부당한 일을 시키는 것처럼 느껴져도, 그 사람에게 '싫어요' 하는 의사 표현하는 것이 힘들었다.

어린 시절 '말 잘 듣는, 착한 아이'라는 말을 듣고 싶었다. 인정받고 싶었다. 그래서 남의 눈치를 보며 살았다. 그래서인지 어린 시절 주변 사람들에게 '착한 아이'라는 말은 많이 들었다. 그러나 지금 생각해보면 내가 착한 아이라서 그랬던 것이 아니라, 살아남기 위해서 착한 척 했던 것 같다. 내 어린 시절은 남의 눈치를 살피는 것이 일상이었다. 강해 보이는 사람 앞에서는 제대로 목소리를 내지 못했다. 친구들과 의견이 맞지 않을 때도 다투기보다는 피하는 쪽을 택했다. 친구와 싸우지 않는 것이 착한 일이라 생각했기 때문이다.

어린 시절 착한 아이로 살아야 한다고 생각했다. 부모님께 버림받지 않기 위해 말 잘 듣는 아이로 살아야 한다고 생각하며 살았다. 그 집에 보낼까 봐 눈치 보며 살았다. 남의 눈치를 살피며 사는 것이 일상이 되고 말았다.

1963년생인 나는 가난한 농부의 아들로 태어났다. 어린 시절 우리 집은 당시 대부분의 다른 집들처럼 가난했다. 우리 동네는 오직 한 집만 부잣집이 있었다. 다른 집들은 모두 작은 초가집인데 그 집만 커다란 기와집이었다. 새로 지은 커다란 기와집이라서 우리는 그 집을 '새집'이라 불렀다. 우리 집은 가난했지만, 그 집은 부자라서 모든 것이 풍족해 보였다. 그 집 바깥마당엔 커다란 대추나무도 있었고, 대추가 열리는 계절에는 바람이 부는 날이면 가끔 대추가 떨어졌고 난 그 대추 열매를 주우러 갔었다. 초등학교 저학년 때로 기억된다. 아직 익지도 않은 파란 대추가 떨어지길 바라며 대추나무 아래를 서성였다. 어떤 날은 아예 그 대추나무 밑에 쪼그리고 앉아 대추가 떨어지길 기다리던 날도 있었다. 그 집에는 부족한 것 없어 보이는 부잣집이었다. 모든 것이 풍족해 보이는 그 집에도 한 가지는 부족한 것이 있었다. 그 집엔 자녀가 한 명도 없다는 것이다. 우리 집은 3남 4녀, 7남매나 되는데, 그 집엔 자녀가 하나도 없었다. 그 집이 부자라서 늘 부러웠었는데, 거기로 보내질지 모른다고 생각하니 부모님에게 버림받는 것만 같아서 슬펐다. 바람이 불면 달려가던 그 대추나무 아래도 이제는 가지 않았다. 인자해 보이던 그 아저씨에게도 달려가서 인사하곤 했는데, 이제는 피하고 있었다. 그 후 언제부턴가 그 커다란 대추나무에 그 집은 소를 묶어 두었고, 나는 더 이상 그 대추나무 밑에 갈 수가 없었다.

어른이 되어서도 여전히 남의 눈치를 살피게 되었다. 나보다 나이가 많은 남자, 힘 있어 보이는 사람 앞에서는 늘 그랬다. 내 생각이 상대방의 생각과 달라도 당당하게 '내 생각은 다르다'라고 표현하지 못했다. 내 생각이 거절당할까 봐 언제나 자신감이 없었다. 다른 사람과 생각이 달라 의견 충돌상황이 생기면 난 여전히 피하는 쪽을 택했다. 어린 시절부터 친구들과 싸울 일이 생기면 그것도 피했다. 난 언제나 자신감이 없는 아이였다. 초등학교 시절에는 늘 그랬다. 그러나 이렇게 사는 것이 싫었다. 자존심도 상했다.

어린 시절의 나는 누나들을 따라 교회를 다녔었는데, 교회에 가면 언제나 기도했다. '부모님과 영원히 함께 살고 싶다'라고 기도했다. 둘째로 태어난 것 바꿀 수는 없지만, '그 집에 보내지지 않게 해달라'고 기도했다. '가난한 우리 집 부자가 되게 해달라'고 기도했다. 일기장엔 돈뭉치를 그려 놓은 날도 있었다. 내가 초등학교 다닐 때는 우리 집은 전기도 들어오지 않고, 손수레 하나 없는 그런 가난한 시골집이었다. 그런데 어느 날 우리 집도 손수레를 샀다. 손수레 하나 샀을 뿐인데, 우리 집이 부자가 된 것 같았다. 행복했다. 어린 나는 너무 좋아서 빈 수레를 끌고 동네를 한 바퀴 돌았다. 손수레를 끌고 골목길을 달리듯 돌면서 행복했다. 내가 아직도 부모님과 함께 살고 있어서 감사했고, 손수레 하나 때문에 우리 집 부자가 된 것만 같아서 기뻤다. 하나님은 내 기도를 들어 주시는 것 같았다. 그리고 대추나무는 점점 멀어져 갔다.

1-8 어른들은 몰라유 육이일

어릴 적 우리 집은 삼대가 사는 대가족이었다. 할아버지는 막내인 남동생을 좋아하시고, 할머니는 장손인 오빠를 눈에 띄게 챙기셨다.

"쉿, 조용히 놀아. 아버지 잠 깨셔!"

엄마가 검지를 입술에 대고 주의를 주셨다. 삼교대 근무하시는 아버지가 낮잠 주무시는 날엔 동생과 속삭이며 놀았다. 엄마는 큰집 살림하시느라 놀아주는 대신 날마다 신신당부하셨다. '하지 마라! 다친다. 위험해! 여자가 그러면 안 되지!' 어릴 적부터 귀가 따갑게 들었다. 호기심 많고 에너지 넘치는 나를 위해 엄마가 할 수 있는 사랑과 관심이었다. 오빠는 여동생인 나를 때리지 못하고 분을 참다가 가끔씩 눈물을 보였다. 두 살 터울 남동생은 개구쟁이였다. 구슬치기, 딱지치기는 물론 복싱과 농구를 같이 하다보면 말싸움이 몸싸움으로 변했다. 동생을 때리고 도망치느라 달리기와 술래잡기를 잘하게 되었다.

"그만 놀고, 저녁 먹자!"

해 질 무렵, 담장 너머 엄마가 부르는 소리. 집에 들어갈 시간이다. 줄줄 흐르는 땀, 소매로 닦으면 끝이 까맣게 얼룩졌다. 대답만 하고 좀 더 놀고 있으니 엄마가 오셨다. 후다닥 뛰어가는 동생 대신 엄마에게 팔뚝을 꼬집힌 채 소리 없이 끌려왔다. 꼬집힌 자리가 너무 아팠다.

1980년대 대전에서는 에너지 절약을 위해 '야간 전등 끄기 운동'이 있었다. 사이렌 소리가 울리면 길가 가로등이나 건물 조명이 꺼졌다. 실내 등을 끄라는 민방위원 소리에 집안 어른들 손길이 바빠졌다. 이 운동이 에너지 소비를 줄이는 측면에서 효과를 거두었지만, 어둠을 싫어했던 어린 나는 동네 전체에 내려앉은 깜깜한 밤이 무서웠다.

"밖에 호랑이 온다."

할머니는 안방 미닫이문을 열고 건넛방으로 가는 나를 향해 한 번씩 겁을 주셨다. 안방에서 건넛방까지 열 걸음도 안 되는 거리를 '걸음아 나 살려라' 하고 되돌아오면 어른들은 한술 더 뜨셨다.

"밖에 뭐가 있네? 아유 무서워!"

캄캄해진 밖의 어둠이 거실 마루 대형 유리창을 비추면 나오던 방으로 재빨리 들어갔다. 마당에 있는 나무가 달빛 그림자를 받으면 진짜 누가 있는 것 같았다.

"어~흥."

창호지 붙인 안방 미닫이문 뒤로 검은 그림자를 만든 오빠가 놀렸다.

"호랑이 제 말 하면 온다."

호랑이를 부르면 진짜 오는 줄 알고 '호랑이와 곶감' 책을 끼고 살았다. 곶감을 무서워하는 호랑이 약점을 알고부터 크게 외치며 건넛방으로 달렸다.

"곶감."

그래도 어둠은 무서웠다.

초등학교 여름방학을 맞아 우리 집에 놀러 온 사촌 오빠가 집으로 가는 날. 이삼일 함께 지내는 동안 정들었다. 한 살 위인 사촌 오빠는 여동생이 없어서 그런지 잘해줬다. 같은 말도 친오빠와 달랐다. 이날이 천천히 오기를 바랐는데 빨리 왔다.

"엄마 나도 가고 싶어요."

"올케, 영민이도 방학인데 며칠 놀다 보낼게!"

같이 데려가겠다는 큰고모 뜻을 말리며 엄마가 안 된다고 하셨다. 신발 신고 먼저 나가 있으면 어떻게 못하리라 생각했는데 신발이 안 보였다. 엄마는 이 상황을 예상하셨는지 벌써 내 신발을 감춰 두셨다.

"한 번만 보내주세요. 네에?"

방학만 되면 친척 집에 다녀왔다고 자랑하는 친구 생각이 났다. 다시 한번 애타게 말한 뒤 신발을 찾았다. 화단 구석구석을 찾고 창고로 뛰어갔다. 눈에 맺힌 눈물 때문에 앞이 잘 안 보이고 마음만 바빴다. 고모는 차비를 마치고 곧 떠날 기세였다. 눈치를 살피고 빠르게 옥상으로 갔다. 항아리 뚜껑을 열고 단지를 봐도 어디에 숨겼는지 안 보였다. 급한 마음에 머릿속이 캄캄했다. '동생처럼 울며 떼를 써볼까?' 힘들게 하는 대신 간절한 눈빛을 담아 바라보니 엄마 눈에 힘이 들어갔다. 이제 그만하라는 첫 번째 경고다. 큰고모도 허락한 일을 '왜 안 된다'고 하는지. 어린 나는 그런 엄마가 이해 안 됐다. 이럴 때 친척 집에 보내면 편하실 텐데 나만 미워한다고 생각했다. 지금이야 붙들려 혼나도 맨발로 뛰어나갈 용기가 있지만, 초등학교 5학년에게 엄마의 불호령은 넘지 못할 큰 산이었다.

중학교 때, 편지 한 장 써놓고 친구네로 놀러 갔다. 버스로 20분 거리. 집에 아무도 안 계시니 자고 내일 일찍 오겠다는 짧은 글이었다. 이름만 대면 아는 가족이라 이해하시리라 믿었다. 맛있는 반찬에 먹을 것이 많은 친구네 집에서 목청껏 노래 불렀다. '우리가 무엇을 좋아하는지 어른들은 몰라요. 마음이 아파서 그러는 건데 어른들은 몰라요. 언제나 혼자이고 외로운 우리들을 따뜻하게 감싸 주세요.' 흔들흔들 막춤을 추다 눈 마주치면 웃음이 나왔다. '어른들은 몰라요' 노래는 불만족스러운 현실을 잠시나마 위로했다. '띵~동' 현관 벨 소리에 노래를 멈추고 친구 대신 물었다.

"누구세요?"

"여기, 영민이 있니?"

엄마 목소리에 깜짝 놀랐다. 설마 여기까지 오실 줄이야. 놀란 눈을 크게 뜨고 손으로 입을 막았다. 친구와 눈짓으로 말했다. '어떻게 하지? 문을 열지 말까? 나 없다고 할래?'

"영민이 거기 있는 거 다 알고 왔으니 어서 문 따렴."

평소보다 부드러운 엄마의 목소리가 더 무섭게 들렸다.

"난 죽었다."

작은 소리로 혼잣말을 하고 문을 열었다. 엄마와 남동생이 서 있고, 타고 온 택시도 기다리고 있었다. 동생까지 동원한 엄마는 친구의 연립에서 나온 나를 한쪽으로 밀어붙이셨다.

"집에서 보자."

입모양을 움직이지 않고 말하는 낮은 목소리였다.

"여자가 겁도 없이 남의 집에 가서 잘 생각을 해?"

잘못했다고 빌어도 시원찮은데 잘못했다고 안 했다. 이해심 없는 엄마를 탓하며 불만을 얘기하다 빗자루로 더 맞았다. 잘못했다고 다시는 안 그러겠다는 다짐을 받은 후에 엄마는 내 방을 나가셨다.

'안 돼, 여자가……. 위험해! 하지 마, 힘들어!' 어릴 때부터 가장 많이 들은 말은 어느새 하고 싶은 말이 있어도 못하는 아이로 만들었다. 어디 가서 밥 더 달라는 말도 못 했다. 혼자 은행에서 통장을 만드는 일도 두려웠다. 크면 클수록 사람들 앞에서 말 못 하는 겁쟁이가 되었다.

1-9 한숨의 불

조하나

2009년, 스무 세 살의 여름. 불쾌하지만 익숙한 알람 소리가 울렸다. 반쯤 열린 커튼 사이로는 불빛 한 점이 들어오지 않는다. 아직 동이 트지 않은 새벽 5시다. 몸 컨디션이 좋지 않다. 끝이 보이지 않은 깊은 바닷속에서 누군가 나를 끌어당기는 듯했다. 알람을 몇 번이나 다시 맞추고 껐다. 잠시 멍했던 것 같은데 시계를 보니 5시 20분. 무거운 몸을 일으키니 한숨이 먼저 튀어나왔다. 서둘러 찬물 세수를 하고 긴 머리카락을 손가락빗질로 감아 똥 머리도 만들었다. 그러곤 어제 벗어놓았던 옷에 몸을 다시 끼워 넣었다. 이 과정은 5분이면 끝난다. 3년째 매일 해오는 일인지라 익숙했다. 가방을 둘러메고 나가려는 현관 거울에 내 모습이 비쳤다. 남의 옷을 입은 듯이 큰 옷과 거뭇한 얼굴빛은 새벽 공기를 맞아 더 칙칙해 보였다. 눈동자에는 생기가 없고 표정은 딱딱하게 굳어 있다. 옷매무새를 만져보았지만 크게 달라지는 건 없었다. 빠르게 운동화를 신고 출근버스를 향해 달렸다. 급하게 구겨 신은 탓에 뒤꿈치가 튀어나왔지만 발을 멈출 순 없다. 멈추면 지각이다.

6시 정각 1분 전 출근카드를 찍었다. 자리에 앉자마자 회의가 소집되었다. 시선이 가장 머물지 않는 구석진 곳에 자리를 잡았다. 앉자마자 잠이 쏟아진다. 잠을 깨워보려 눈에 힘을 주고 목도 이리저리 돌려보았지만 소용이 없었다. 팀장의 말소리가 점점 멀어지고 눈이 감긴다. 옆자리 동기가 내 어깨를 툭 쳤다. 눈을 번쩍 떠 보니 다들 날 바라보고 있었다. 최대한 입꼬리를 끌어당겨 어색한 미소를 지었다. 나를 향했던 시선이 정면을 향하자 동기가 자신의 노트를 쓱 내밀었다.

「괜찮은 거야?」

사실 이렇게 잠에 빠져드는 게 하루 이틀 문제가 아니다. 한번은 통화를 하던 중 잠이 들었다. 동기말로는 내가 이야기를 하다 같은 단어를 반복하더니 말을 하지 않았다고 했다. 또 하루는 잠깐 벽에 기댄 것 같았는데 눈을 떠보니 바닥에 앉아 있던 적도 있었다. 기억이 나지 않았다. 몸에 이상이 있는 게 분명했다. 퇴근하자마자 대학병원을 찾았다. 번호표를 들고 내 이름을 부르길 기다리는 데 평소보다 마음이 편치 않았다. 무슨 문제가 있는 걸까. 혹시 죽을 병인 건 아닐까. 걱정이 꼬리에 꼬리를 물고 떠오른다. 진료실 앞 화면에 익숙한 이름이 떴다. 떨리는 마음을 안고 진료실로 들어갔다. 의사는 능숙하게 질문을 했다. 생각나는 대로 답을 했는데 무슨 말을 하고 있는지 집중이 잘되지 않았다.

"기면증이네요."

"… 그럼 어떻게 해야 하나요?"

"매일 약 먹고 잘 쉬면 괜찮아질 겁니다."

진료실을 나오는 발걸음이 무거웠다. 묵직한 약 봉투를 받아들고 가장 먼저 든 생각은 내일 출근은 어쩌지였다. 한숨이 나왔다. 건강을 의심해보지 않았다. 누군가는 돌도 씹어 먹을 나이라고 내게 말했다. 그 말을 의심해 본 적이 없었다. 매일 약을 먹으면 예전처럼 일을 잘 할 수 있는 걸까? 의문이 들지만 생각을 멈춰야 했다. 아침에 눈을 뜨면 약을 먹었다. 약을 먹으면 10시간 동안 깨어있게 되었다. 대신 밤에는 수면제를 먹어야 했다. 일주일이 지나니 점점 무서워졌다. 약 없이는 힘들어졌다. 멍하니 앉아있는 일이 많아졌다. 내가 이렇게까지 하면서 버티는 이유가 뭘까. 더 이상은 피할 수 없다. 물음표가 머릿속을 가득 채웠다. 안개처럼 끝이 보이지 않았다. 물음표 안개를 거닐다 결국은 하나의 결론에 도달했다.

'해야만 하니까, 할 수밖에 없으니까.'

하고 싶은 것도 할 수 있는 것도 많지 않았던 나였다. 이 자리만이 나를 쓸모 있어 하는 곳이라 생각했다.

고3 시절, 대학 진학은 생각도 할 수 없었다. 우리 집안 형편에 대학 등록금은 무리였다. 너무나 당연하기에 반박할 생각도 없었다. 앞으로 뭐해 먹고살아야 할지를 고민해야 했다. 그러다 스무 살이 됐다. 어른도 아이도 아니었던 나는 목적지가 없었다. 겁이 났다. 그래서 나를 필요로 하는 곳을 찾아야만 했다. 취업 준비를 한지 세 달 만에 운 좋게도 사람들이 알만한 기업에 합격했다. 그 소식에 주변 사람들로부터 많은 칭찬을 받았다. 처음 받는 칭찬은 얼떨떨했다. 마냥 기쁘지도 않았다. 그래도 이 칭찬과 기대를 유지하기 위해 열심히 일했다. 실적 없는 궂은일을 나서서 하기도 했다. 수당 없는 초과근무나 휴일근무도 빠지지 않았다. 여기저기에서 나를 인정하고 칭찬하는 말이 들리기 시작했다. 회사에서만큼은 내가 쓸모 있는 사람 같았다. 점점 나를 찾는 사람이 많아지고 업무에 대한 능숙도와 성과도 올라갔다. 이건 내 자리를 지키는 방법이었다. 그렇게 한 달, 일 년 그리고 삼 년이 되었다. 시간이 지날수록 나는 회사가 되어 갔다. 해야 됐고 할 수밖에 없었다. 회사가 내 삶의 전부라고 느꼈다. 하지만 그 결과는 이렇게 되었다. 약 없이는 일상 유지가 어려워졌다. 예전처럼 일을 할 수가 없었다. 쓸모가 없다. 사람들의 기대가 무너질 것만 같았다. 그러니 힘들다 아프다 말할 수도 없었다. 그 말을 꺼내는 순간 회사 안의 나의 자리가, 나의 존재가 사라질 것만 같아 두려웠다.

충분하다고 느꼈던 인정과 칭찬은 연기 같은 것이었다. 계속 불을 피워주지 않으면 더 이상 불타지 않고 사라진다 느꼈다. '나'라는 재료를 연료 삼아 계속 태워야만 했다. 그래야 이 자리를, 인정을 계속 받을 수 있었다. 더 이상 태울 수 있는 '나'가 없는데도 노력했다. 노력으로 채울 수 있는 것이 아닌데 말이다. 더 이상 남들의 기대에 부응하기 위해, 인정받기 위한 재료로 있을 순 없다.

스물셋, 한 번도 나 자신에게 어떻게 살고 싶은지 물어본 적이 없다. 그것마저 사치스럽다고 느꼈다. 한숨이 가득하던 내 시간을 가득 채웠던 건 업무적 성과, 직장에서의 인정, 사람들의 칭찬이었다. 빈 껍데기였을지도 모른다. 그러나 마냥 슬프지만은 않았다. 충분히 태워져봤기에 연료가 아니라 불이 되고 싶어졌다. 나로 살고 싶어졌다. 그거면 충분했다.

내 한숨에는 웃음도 눈물도 없다. 약함을 드러내면 잡아먹히는 초식 동물처럼, 살아남기 위한 숨 고르기였다. 이제는 그 한숨으로 나만의 불을 피울 것이다.

1-10 엄마, 엄마, 엄마

홍순지

"괜찮아?"

오랜만에 전화한 친구의 한마디에 왈칵 눈물이 났다. 마음속 구석구석 파묻혀 있던 감정이 솟구쳤다. 마음을 추스르고 베란다 창 너머를 바라본다. 또 봄이다. 창문 너머 흐드러지게 피어있는 벚꽃은 다른 세상처럼 아름답다.

봄이 오면 마음이 심란했다. 모두 들뜬 봄이지만 난 마음이 가라앉았다. 한 해를 살아내야 한다는 것이 부담됐다. 마침내 잘 살아냈다고 안도감이 드는 겨울이 더 좋았다. 왜 이런 압박감을 안고 사는 걸까?

'잘 살아야 한다. 행복한 인생이어야 한다' 매일 자기암시를 했다.

"자 얼른 먹자! 맛이 끝내준다 끝내줘!"

아빠가 냄비를 들고 종종걸음으로 나오신다. 한껏 들뜬 표정으로 동생과 내가 뛰어와 자리를 잡는다. 교회 다녀와서 먹는 아빠표 라볶이는 최고였다. 꽃게 국물로 맛을 내고 닭고기 살을 쭉쭉 찢어 넣어 국물도 진했다. 깊은 맛이 있었다. 거기에는 엄마 몰래 아빠가 넣은 라면수프가 한몫했으리라. 온 가족이 둘러앉아 주말 오후를 보내면 웃음소리가 끊이지 않았다. 평소에도 우리는 방문을 거의 닫지 않았고 주로 거실에서 생활했다. 늘 함께하고픈 마음 때문이었던 것 아닐까?

엄마도 요리를 잘하셨다. 불쑥 친구를 데려와도 냉동실에 있던 떡국떡으로 금방 떡볶이를 만들어주셨다. 김밥이나 피자, 탕수육도 자주 해주셨다. 그런 엄마를 자랑하고 싶으셨던 건지 사람을 좋아하는 아빠는 집에 손님을 자주 초대하셨다. 늦은 밤에도 엄마는 안줏거리를 뚝딱 잘 만들어주셨다. 공부도 봐주시고 피아노까지 잘 치셨던 엄마가 자랑스러웠던 나는 엄마 껌딱지처럼 자랐다. 엄마 옆에만 붙어있으면 겁날 것이 없었다.

내가 중학생이 되던 해에 아빠가 운영하던 회사에 문제가 생겼다. 회사는 문을 닫았고 우리는 이사를 해야 했다. 부모님은 나라도 서울에 남아 학교 다니길 바라셨다. 상상하지 못한 일이었다. 가족과 떨어져 살게 된 것이다. 결국 중학교 1학년 사춘기 소녀였던 나는 근처 외할머니댁에 남았다. 애끓는 마음을 꾹꾹 눌러가며 중학교 3년을 보냈다.

처음 몇 달은 시도 때도 없이 눈물이 났다. 엄마가 없다니. 학교 끝나고 집에 달려와 엄마의 떡볶이를 먹으며 어리광을 부리고 싶었다. 엄마와 조잘조잘 이야기를 나누고 싶었지만 할 수 없었다.

눈물이 쏟아질 것 같을 땐 서둘러 화장실로 갔다. 손을 씻는 척 '쏴아아' 물을 세게 틀었다. 그렇게 한참 몰래 울고 나오곤 했다. 매일매일 슬픔을 삼키며 괜찮은 척했다. 내가 힘들면 엄마가 더 가슴 아파하실 테니까.

하루는 할머니가 건네주신 초코파이에 울컥했다. 엄마가 좋아하시는 초코파이를 보니 당장이라도 달려가 전해주고 싶었다. 초코파이 하나도 쉽게 입에 넣지 못하던 엄마 생각에 차마 먹을 수 없었다. 봉지만 만지작거리다 결국 서랍에 넣어두었다. 그날따라 유독 잠이 오지 않았다. 한참을 뒤척이다 엄마에게 편지를 썼다. 도저히 못 참겠으니 전학 가겠다고 말이다. 쓰면서도 전해주지 못할 편지라는 걸 알고 있었다.

엄마는 교장 막내딸로 관사에서 곱게 자란 화초 같은 분이셨다. 친구들이 보자기에 책을 싸매고 다닐 때 엄마와 이모는 분홍색 각 잡힌 책가방을 메고 다니셨다고 했다. 엄마는 부모님과 식모 아주머니들의 보살핌 속에서 공주처럼 커온 그 시절을 가끔 떠올리셨다. 동화 같은 엄마의 어린 시절을.

그렇게 곱게 자라신 엄마가 아빠와 장사를 시작하셨다. 생전 처음 길에서 옷을 팔던 엄마는 얼마나 두려우셨을까? 아빠의 다마스를 타고 엄마를 새벽시장에 내려드리던 날, 창문 밖으로 멀어지는 엄마의 초라한 모습이 아직도 선명하다. 패션 감각이 남달라 겨울에도 롱스커트를 즐겨 입으시던 엄마는 이제 두껍고 빨간 솜바지를 입으셨다. 물건을 떼다며 이른 새벽마다 남대문 시장을 나가셨다. 옆을 꿋꿋하게 지켜준 엄마의 노력 덕분일까? 아빠는 가시밭길 같은 그 시절을 한 걸음 한 걸음 이겨나가셨다. 강인한 아빠를 나는 지금도 가장 존경한다.

착한 부모님을 힘들게 만든 어른들의 세상이 미웠다. 외할머니까지 문득문득 미웠다. '우리 엄마가 이렇게 고생하는데, 할머니는 왜 도와주지 않을까.' 일부러 할머니께 쌀쌀맞게 굴었다. 뒤늦게 손녀딸을 돌보게 된 할머니도 힘드셨다는 걸 몰랐다.

할머니는 꼬박꼬박 아침밥을 챙겨주셨다.

"아침 먹어야지! 그럼 이거라도 먹어봐."

날계란에 참기름을 뿌려 복도로 달려 나오시던 할머니에게 심통 부리고 서둘러 엘리베이터를 타곤 했다. 훗날 할머니가 돌아가신 후 뼈저리게 후회하며 그리워했지만, 그땐 몰랐다. 할머니 역시 괴로움을 내색하지 않으셨던 것뿐이었다.

세상에 분노하며 하루빨리 어른이 되고 싶었다. 엄마를 위해 살겠다고 다짐했다. 내 마음이 느껴지셨을까? 아니면 엄마에게도 힘든 시절을 버틸 수 있었던 원동력이 나였기 때문일까? 엄마도 나에 대한 기대가 매우 크셨다.

그때부터 조급증이 생겼나 보다. 졸업도 취직도 빨리했다. 과외로 등록금을 보태면서도 휴학 없이 졸업했다. 남들 다 간다는 어학연수나 해외여행은 가고 싶지도 않았다. 발발대며 복수 전공에 인턴십까지 학기 중에 마쳤다. 스물셋에 대학을 졸업하고 대기업 공채로 입사했다. 이제 효도할 일만 남았는데….

얼마 후 동기 오빠와 짧은 연애 끝에 결혼했다. 엄마뿐이라며, 엄마에게 효도하겠다고 그렇게 다짐을 했건만 본격적인 효도도 하기 전에 홀랑 결혼해 버렸다.

내 인생 속도는 더 빨라진 듯했고 스물다섯에 엄마가 되었다. 예정일에 정확하게 찾아와준 나의 천사. 양수가 터져 병원으로 달려가 6시간 진통 끝에 첫 아이를 낳았다. 작고 뜨거운 아기를 처음 안았을 때의 환희를 어떻게 표현할 수 있을까? 긴 속눈썹에 짙은 쌍꺼풀을 가진 우리 아들은 나와는 달리 또렷또렷하게 생겼다. 누구나 감탄할 만큼 예뻤다. 하지만 육아는 현실이었다. 아들은 두 돌이 지나서까지도 새벽 두세 시가 되어야 겨우 잠들었고, 이틀이 멀다고 내복을 삶아야 할 정도로 자주 토했다. 출근을 해야 했던 나는 이제 좀 쉴 만해진 엄마에게 아이를 맡겼다. 그렇게 또 마음 한편에 엄마에 대한 죄스러운 마음을 가지게 되었다.

친정이 가까이 있어 셀 수 없이 많은 도움을 받는다. 엄마, 아빠가 안 계셨다면 일하고 공부하며 가정을 꾸려가는 게 정말 어려웠을 것이다. 하지만 도움을 받는 것이 마냥 편하지만은 않다. 결혼하고서까지도 엄마를 괴롭히는 것 같아 부끄럽고 속상하다. 뭐든 잘하는 모습을 보이고 싶었는데 마음만 앞설 뿐 결혼 후 몇 년 동안 음식물 쓰레기도 쉽게 버리지 못할 정도로 능력 부족인 어린 엄마였다. 학창 시절 늘 칭찬받고 자랑스러운 딸이었던 나는 온데간데없었다.

"몸에도 안 좋은 소시지를 왜 사 먹는 거야." "요즘 똑똑한 엄마들은 TV를 없앤다더라."

가끔 엄마의 사소한 말들을 들을 때면, 내가 너무 무능한 엄마 같아 며칠 동안 마음이 울적했다. 피해의식이 따로 없다. 엄마의 말에 동의할 수 없어서 화가 날 때도 많았다. 엄마의 기준이 너무 높아서 버겁다고 소리치고 싶었지만 할 수 없었다. 어느새 나의 기준은 사라지고 엄마의 말들만 뇌리에 남아 혼자 자책했다.

마흔이 다 된 딸에게 여전히 많은 기대를 품고 계신 엄마께 수없이 많은 말을 삼키고 있다는 것을 아시게 할 수 없었다. 그렇게 가슴에 큰 돌덩이를 품은 채 묵묵하게 하루하루 열심히 살아냈다. 비록 집안일은 못 하지만, 성공하는 모습을 보여드리겠다는 생각으로 끊임없이 나를 발전시키려 노력했다. 엄마, 아빠에게 자랑스러운 딸, 성공한 딸로 보이고 싶었던 나는 그렇게 바쁘게 달리며 죄책감에서 벗어나고 싶었고 정작 내 마음을 돌보지 않았다. 아무도 주지 않은 죄의식은 나 스스로 만든 것이었다.

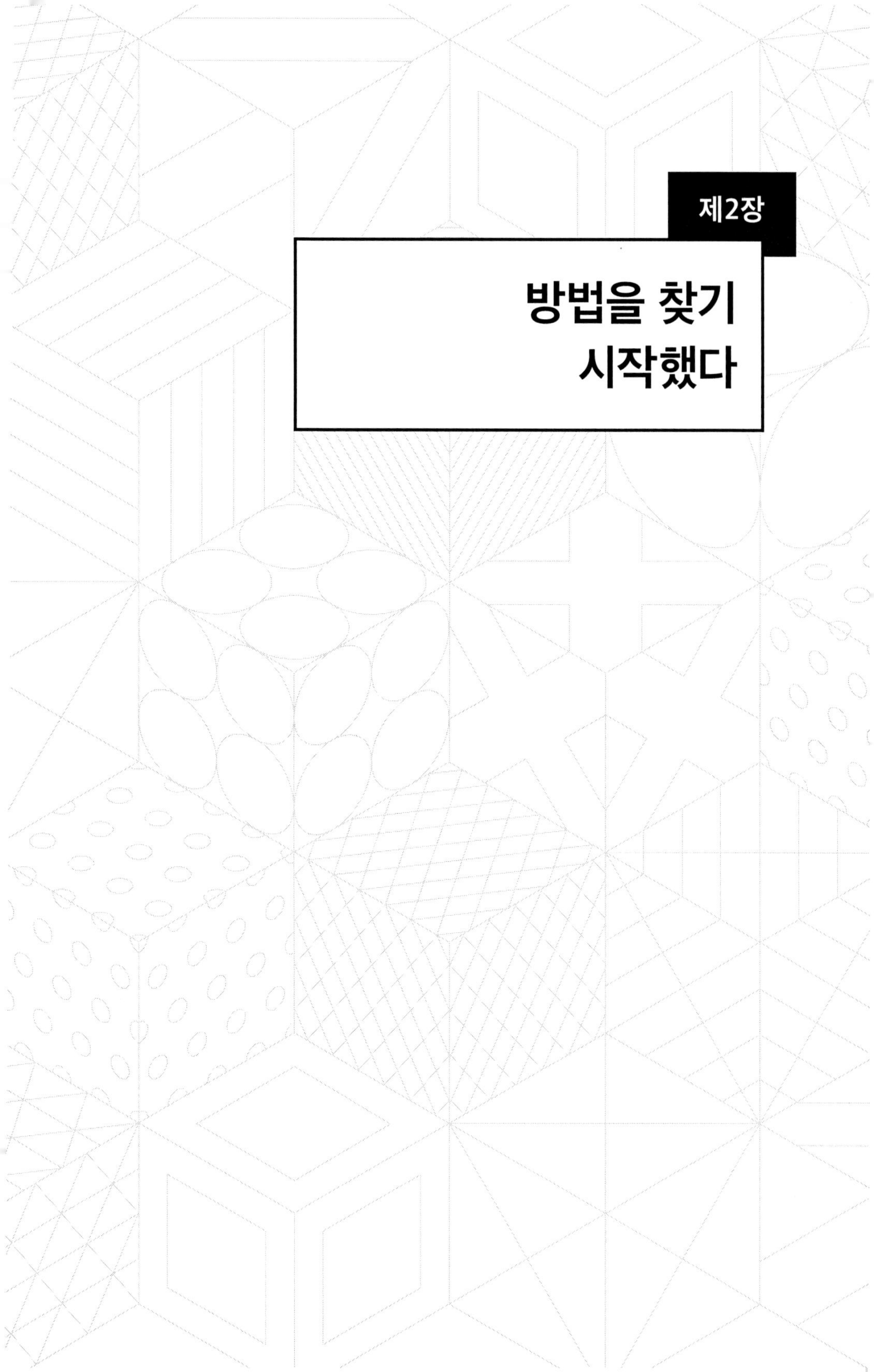

제2장

방법을 찾기 시작했다

2-1 뒤늦은 후회 강혜진

첫아이를 낳고 육아휴직에 들어갔다. 난생처음 갓난아이를 돌보느라 바쁜 나날을 보냈다. 먹성 좋은 아들은 밤낮없이 두 시간 간격으로 깨서 젖을 달라 울어댔다. 잠이 모자라 눈이 퀭해졌다. 틈틈이 잤지만 피곤이 가시질 않았다. 아이가 "끙." 소리만 내도, 팔다리를 들썩 움직이기만 해도 어찌해야 할지 몰라 땀이 흘렀다. 세수하고 머리 감을 틈을 내는 것도, 밥 한 끼 편안하게 먹을 시간을 내는 것도 마음이 바빴다.

어느 날, 학교에서 전화가 왔다. 학교평가 보고서를 써 달라고 했다. 휴직 전에 내가 맡고 있던 업무였다. 나 대신 우리 반 담임을 맡은 선생님이 계셨지만, 잠깐 일을 대신하러 온 선생님께 1년간의 학교평가 보고서를 작성하게 하는 것은 무리였다. '오죽했으면 휴가 중인 나에게 전화를 했을까.' 학교 사정도 이해는 됐다. 뜸 들일 새 없이 알겠다고 대답했다. 그 순간엔 아이의 존재를 까맣게 잊었던 게 분명했다. 부족한 잠을 더 줄이고 꼬박 일주일간 보고서를 작성했다. 교감 선생님께서 고맙다고 말씀하셨다. 믿을 만하고 책임감 있는 사람이라는 칭찬도 곁들이셨다.

무리하며 일했더니 쑤시고 시리던 어깨와 허리가 '악' 소리가 날 정도로 아팠다. 앉아도, 서도, 누워도 온몸이 두들겨 맞은 듯 아팠다. 일주일 내내 제대로 안아주지 못한 아이는 잠투정이 늘었다. 그렇지 않아도 엉망이었던 집은 출근하는 남편의 양말짝을 찾기 힘들 정도로 뒤죽박죽이었다. 돼지우리가 따로 없었다. 남편이 참다못해 싫은 소리를 했다. 안 해도 그만인 일을 하며 정작 아이와 집안을 챙기지 못하는 나를 보며 고개를 저었다. 거절해도 아무 문제없을 일인데 사서 고생한다며 핀잔을 주었다. 맞는 말만 하는 남편에게 대꾸할 말이 없었다. 학교에서 받은 인정의 힘보다 남편이 하는 볼멘소리 한 마디가 던지는 파장이 훨씬 크고 오래갔다.

서른여섯, 젊은 나이에 이혼으로 혼자가 된 친정 아빠는 외벌이로 연년생인 나와 남동생을 키우셨다. 아빠는 조그마한 옷 수선 가게를 운영하셨다. 중학교 진학을 포기하고 열네 살부터 옷 만드는 기술을 배우셨다는 아빠는 바느질한 긴 시간만큼 솜씨도 빼어나셨다. 입소문이 나면서 먼 곳에서부터 찾아오는 단골이 생길 정도였다. 바짓단을 줄이고 허리 사이즈를 수선해 봐야 겨우 천 원짜리 몇 장, 고작 푼돈이었지만 아빠는 하루도 빠지지 않고 저축을 하셨다. 아빠는 유난히도 돈 쓰는 데 인색하셨다. 입학이나 졸업, 생일, 심지어 수학여행 가는 날까지 나와 동생에게 용돈 한 번 주실 줄, 맛있는 음식 한 번 사주실 줄 몰랐다.

돈에만 인색한 것이 아니었다. 넉넉하게 시간을 내어주실 줄도 몰랐다. 물려받은 고등학교 교복이 너무 컸다. 일에 치여 밥 먹을 시간도 제대로 없는 아빠를 보며 한참을 망설이다 교복 줄여달라는 말을 겨우 입 밖으로 꺼냈다. 바빠서 해 줄 시간이 없다며 그냥 입으라는 대답만 돌아왔다. 옷 수선 가게 딸이 몸에 맞지 않는 옷을 입고 다닌다고 손가락질 받을까 봐 아빠 몰래 동네 세탁소에서 교복을 줄여왔다. 학교까지 한 시간이 넘는 거리를 등하교 했던 고등학교 3년, 그동안 아빠가 나를 차로 데려다준 것은 눈이 내려 버스가 끊긴 날 딱 하루였다.

그렇게 바쁘다면서도 아빠는 시간을 내어 성당 미사에 빠지지 않으셨다. 주일만 지키는 것이 아니라 평일에도 성당 일로 바쁘셨다. 화요일마다 성당에서 하는 기도 모임에 참석하셨고 거동이 불편한 노인을 위해 차량 봉사를 하셨다. 푼돈 모아 만든 목돈을 성당에 덜컥 기부하셨다. 나는 섭섭한 마음이 들었다. 바깥일을 하느라 정작 가족을 챙기지 않는 아빠를 보며 원망하는 마음을 담아 편지를 썼다. 아빠에게 가족은 남보다 못한 존재인지 따져 물었다. 바쁜 아빠를 위해 힘들다는 말, 도와달라는 말 한 번 하지 못했다고. 몸이 불편한 할머니를 아빠 대신 챙기느라 또래 친구들과 어울릴 시간도 없었다고. 용돈이 부족해 갖고 싶은 물건 하나 제대로 사 본 적도 없었다고. 아빠는 그것도 모르고 번 돈을 다 남에게 퍼준다며 원망의 마음을 담은 글을 꾹꾹 눌러 적었다. 자꾸만 밖에서 좋은 사람 소리를 듣는 아빠가 가족은 챙기지 않아 실망스럽다는 말까지 썼다.

좋은 사람이 되려고 나를 채찍질했다. 옳지 않은 일은 생각해 본 적도 없고, 나 혼자 편해 보겠다고 요령 피운 적도 없다. 남의 마음에 상처 주는 말은 하지 않으려 노력했고 갈등이 생길 것 같으면 알아서 미리 내 고집은 접었다. 그렇게 최선을 다해 좋은 사람이 되려고 했지만 행복하지 않았다. 더군다나 가족의 핀잔을 듣게 되니 모든 노력이 헛수고인 것처럼 느껴졌다. 이런 나의 모습이 자꾸만 아빠의 모습과 겹쳐 보였다. 본 대로, 배운 대로 자란다더니 원망스러웠던 아빠와 나는 틀로 찍어낸 듯 닮은 삶을 살고 있었다. 내 아이도 나를 닮을까 봐 겁이 났다.

스무 살, 대학교 봉사활동 동아리에서 한 선배를 만났다. 그는 사랑받고 자란 티가 났다. 남의 시선이나 말에 힘없이 휘둘리지 않았고 경우에 어긋나지 않으면서도 해야 할 말은 당당하게 했다. 적당한 선을 지키면서도 눈치 보지 않고 거절할 배짱이 있었다. 매사에 자신감이 넘쳤다. 나와는 정반대인 그런 모습에 마음이 끌렸다. 그와 7년을 연애하고 결혼했다. 가족이 되고 난 이후 남편은 천천히, 내 마음 상하지 않게, 약이 되는 쓴소리를 해주었다.

"누가 부탁을 하면 다른 사람 말고 너부터 챙겨라. 못 하겠다고 해도 된다."

그 말은 남에게는 거절하지 못하면서 자신을 거절하는 삶을 살고 있는 나에게 지혜로운 조언으로 다가왔다. 남편은 처음 만났던 그때부터 늘 나에게 좋은 멘토가 되어주었다.

남편만큼 애정 어린 조언을 해준 사람이 또 있다.

"어이! 강 선생, 뭐 할라꼬 그렇게 애를 쓰고 사노? 힘 빼고 살아도 아무 문제 없다."

몇 해 전, 작은 시골 학교에서 만난 선배 선생님이셨다. 퇴근 시간을 뒤로 미뤄가며 일하는 나에게 고생한다, 잘한다는 칭찬 대신 살살하라고 하셨다. 걱정 어린 눈으로 '해야 할 일'만 챙기지 말고 '하고 싶은 일'도 챙겨 보라고 하셨다. 그 말에 왈칵 눈물이 쏟아졌다. 그리고 뒤늦게 후회가 밀려왔다.

'내가 하고 싶은 건 늘 뒷전이었구나.'

내가 사는 방식이 맞다며 고집스럽게 살았다. 그런데 어느 순간, 나를 아껴주는 주변 사람들의 말이 귀에 들리기 시작했다. 진심으로 나를 위하고 걱정해 주는 말이 내 마음을 녹였다. 나에게 필요한 것은 어쩌면 칭찬보다는 지적이었는지도 모른다. 안간힘을 쓰면서도 자신을 챙기지 못하는 나에 대한 애정 어린 지적. 정신이 번뜩 들었다. 이대로 살다가는 내 인생을 송두리째 후회하게 될지도 모른다. 지금 당장 바꾸어야만 했다.

2-2 방물장수

글빛혁수

아야, 아야, 아야!!

나는 걷어 올린 바짓단을 부여잡고 폴짝폴짝 뛰면서 소리쳤다. 이놈이 진짜로 때린다. 반은 정말로 아파서 소리가 저절로 나온다. 손님들은 술기운에 웃고 손뼉 치고 난리다. 회초리가 어지간히 아프지만, 마지막엔 웃으며 인사한다. 그래야 물건을 팔 수 있으니까. 명태(가명)는 내 종아리를 때리던 회초리를 들고 손님들 사이를 돌아다니며 돈과 바꾼다. 원가보다 몇 배 더 받아도 살 사람은 산다. 다음엔 내가 회초리를 들어야지. 이눔시키, 두고 보자. 다짐하면서 삼겹살집을 나왔다.

제대하고 교차로를 보다가 월급을 130만 원이나 준다는 광고를 보고 대전으로 내려갔다. 1998년 그때는 시급이 1,500원도 안 할 때였다. 가서 보니 효자손, 복조리, 회초리 등을 직접 만들어 파는 방물장수였다. 면접도 하룻밤 같이 지내면서 자세히 봤다. 최선을 다해 성실한 모습을 보이기 위해 노력했다. 사장은 설거지할 때 내가 식판 뒷면까지 깨끗하게 닦는 걸 보고 합격시켜 주었다.

식판 뒤에까지 꼼꼼하게 잘 닦네. 군대 갔다 와서 식판도 잘 닦는구먼. 하나를 보면 열을 안다고, 일도 잘하겠어.

군대에서 맨날 하던 거라 나도 모르게 그렇게 한 건데 그 칭찬 한마디가 그렇게 고맙고 뿌듯했다. 그날부터 제품 만드는 법을 배우기 시작했다. 일은 간단했다. 사장과 직원들이 나무로 복조리와 효자손, 회초리 등의 제품을 만든다. 그러면 나 같은 신입들이 니스칠하고 말리는 게 다였다. 문제는 직접 파는 거였다. 한복에 흰 두루마기를 입고 갓을 쓰거나, 다 떨어진 각설이 옷을 입는다. 입술에는 새빨간 루즈를 바르고, 얼굴에는 허연 파운데이션을 떡칠한 채 식당이나 술집 같은 가게에 들어간다. 손님들이 앉아 있는 식탁 옆에 서면 다짜고짜 큰절부터 한다. 헤벌쭉 웃으면서 음식이 맛있겠네, 다들 너무 잘 생겼네 하면서 손님들과 친해진다. 학생이 아르바이트한다고 도와달라고 너스레를 떨면 웬만하면 사준다. 회초리로 종아리를 때리는 시늉을 하기도 한다. 그걸 보고 사람들은 웃으며 물건을 산다. 그게 재미있었다. 돈도 돈이지만 일이 재미 없었으면 못 했을 것이다. 처음에는 부끄러워 도저히 가게 문을 열고 들어갈 수가 없었다. 하지만 두꺼운 화장과 넝마에 가려진 나는 어느새 말 그대로 광대가 됐고 작년에 왔던 각설이가 돼 있었다.

저녁부터 새벽까지 술집이나 식당 같은 가게를 돌아다녔다. 때로는 사창가로 가기도 했는데, 나는 용기가 없어 감히 들어가지 못했다. 웬만하면 팁도 잘 받을 수 있다고 했지만 나는 절대 들어갈 수 없었다. 나는 혼자 차만 지키고 있었다. 그렇게 한 달, 두 달이 지났지만, 월급을 받지 못했다. 하나둘씩 그만두기 시작했다. 돈을 못 받는데 더 있을 이유가 없다며 나가는 사람들을 잡을 수는 없었다. 하지만 나는 끝까지 남았다. 나를 믿어준 사장을 떠날 수 없었다. 나와 남은 십여 명은 사장과 봉고를 타고 대전 번화가를 돌았다. 처음엔 장사가 잘됐다. 아니, 잘 된 게 아니라 잘 되게 만들어야 했다. 사장이 그날 만든 물품은 그날 다 팔라고 했다. 우리는 거의 밤새다시피 하며 끝내 다 팔아야만 했다. 젊은 혈기에 어떻게든 해보려는 마음도 컸지만, 사장이 무서웠다. 사장은 예전에 주먹세계에 있었다고 했다. 키는 그리 크지 않았지만, 다부진 체격에 카리스마가 넘치는 사람이었다. 특히 째려보는 눈빛이 장난이 아니었다.

24살, 젊디젊은 나와 또래 몇 명은 끝까지 남았다. 그러던 중 사장의 직속 후계자 격인 상무가 우리에게 사장을 떠나자고 말했다. 사장은 혼자 뒤로 돈을 다 가져가고 있다고 했다. 상무는 새벽 3시가 넘어 일이 끝난 어느 날, 우리를 불러 사장과 따로 여관방을 잡았다. 사장은 혼자 집으로 갔다. 상무는 이대로는 안 된다고 우리를 설득하기 시작했다. 사장 밑에 있으면 결국 돈도 못 받을 거라고 했다. 안 그래도 사장이 무서웠고, 지칠 대로 지쳤던 우리는 상무와 함께하기로 했다. 오히려 상무의 말이 반가웠다. 잠을 자는 둥 마는 둥 밤을 지샌 우리는 새벽이 오기도 전에 여관을 나왔다. 사장한테 받을 돈은 포기하기로 했다. 사장이 알아채기 전에 빨리 뜨는 게 급선무였다.

상무는 우리를 따뜻하게 대해 주었다. 그는 진심이었다. 우리도 그에게나 우리 서로에게나 마음으로 진짜 가족처럼 지냈다. 그곳에서도 우리는 월급을 받지 못했다. 그러나 사장과 일했을 때처럼 불안하지는 않았다. 우리는 돈도 벌었다. 하지만 월급으로 줄 만큼은 안 됐다. 겨우 먹고 자고 할 정도밖에 안 됐다.

우리는 3개월이 넘어갈 때까지 버텼다. 그렇게 하루하루 지나던 어느 날, 상무는 일이 끝나고 우리에게 말했다. 눈물을 흘리며, 더 못할 것 같다고 했다. 상무는 3개월 이내로 반드시, 꼭 다시 불러 밀린 월급도 주고 일도 새로 시작하겠다고 말했다.

나보다 한 살 어린 명태라는 동생이 있었다. 나보다 더 상처를 많이 받고 자라 악바리였다. 처음에 우리는 자주 다투고 사이가 좋지 않았다. 그러다 상무와 새로 시작하면서 친해지기 시작했다. 방물을 팔러 다닐 때 늘 같이 다니며 형 동생 하는 사이가 됐다. 우리는 헤어질 때 악수를 오래 했다. 내가 내릴 수원역에 도착해 전철 문이 열릴 땐 포옹까지 했다. 그는 상무와도 친했다. 나중에 상무의 연락을 받으면 내게 먼저 연락하겠다고 했다. 월급을 떠나서 우리는 사람에게만 있는 그리움으로 연결된 느낌이었다. 나는 젊은 날의 좋은 경험이라고 생각하고 수원 집으로 돌아갔다. 일상으로 돌아갔다.

몇 달인가 지났다. 그동안 나는 어머니 지인이 운영하시는 요리학원에 다니며 요리사의 꿈을 키우고 있었다. 학원을 좀 일찍 마치고 집에 있는데, 대전 동생에게서 전화가 왔다. 상무가 돈을 마련했으니 같이 가자고 했다. 돈도 받고 다시 일을 하자고 했다. 조금만 고생하면 돈도 많이 벌 수 있을 거라고 했지만 나는 가지 않았다. 이미 다른 일상을 찾아가고 있었고 방물장수는 이미 추억으로 돌려놓고 있었다. 동생은 보고 싶었지만, 그를 만나면 그 일을 다시 하게 될 것만 같았다. 다시 그 고생을 하기는 싫었다. 사람을 믿고 움직였지만, 돌아오는 건 아무것도 없었다. 내게 줄 돈은 동생이 가지라고 했다. 지금 같으면 어쨌든 돈을 받으러 갔겠지만, 그때는 돈을 그다지 중요하게 생각하지 않았었나 보다. (지금 생각하면 그때 내 마음을 다 이해는 못 하겠다. 젊은 날의 순수함이라고 해야 할까) 처음이자 마지막으로 방물장수 동생과 통화를 하고 나는 진짜 일상으로 돌아갈 수 있었다.

사람을 믿고 일을 했지만, 결국 얻은 것은 없었다. 내 모든 걸 바쳐 일했지만, 손에 쥔 것은 아무것도 없었다. 내가 얻은 것은 이렇게 말할 수 있는 경험뿐이었다.

2-3 아름답게, 나답게

글빛현주

여동생은 하노이에 남동생은 호찌민에 산다. 십 년이 넘었다. 덕분에 오십이 넘어서도 엄마, 아빠의 관심을 받고 있다. 거기까지는 좋은데 하루가 멀다고 울리는 전화, 불편했다. 한국에는 나밖에 없으니까, 생각했지만 속으론 자꾸 투덜거리게 됐다. 엄마, 아빠의 관심과 사랑, 받는 것만 좋았다.

바쁘다며 이리저리 뛰어다니는 나를 위해 집안일을 돕는 남편과 아이들, 고맙지 않았다. 하나를 주면 더 달라고 떼쓰는 아이처럼 늘 부족하다고 짜증을 냈다. 감사할 줄 몰랐다.

'덕분'이 아니라 '때문에'라는 말 자주 했다. 내가 변해야 하는데 네가 변하지 않는다며 미워했다.

아무것도 안 했다. '내가 지금, 이 나이에 뭘 한다고, 그냥 이렇게 사는 거지.' 내가 무엇을 원하는지, 어떻게 살고 싶은지. 단 한 번도 묻지 않았다.

나이가 들어도 자식에게 손 벌리지 않는 직업을 찾으려 고민했다. 방법을 찾아 선택한 심리상담 공부, 비로소 나를 마주하게 되었다.

2020년 코로나19 팬데믹으로 다니던 직장 그만뒀다. 매달 들어오던 돈이 없어졌다. 힘이 빠졌다. 8월 유난히 끈적거리는 더위에 몸이 늘어졌다. 부지런 떨 일도 없었고, 제때 밥 먹을 이유도 없었다. 직장에 다닐 땐 몰랐던 더위다. 찬 바닥을 찾아 이리저리 뒹굴었다.

핸드폰 진동이 요란하게 울렸다. 귀찮았다. 저러다 말겠지, 했는데 계속 울린다. 손끝에 닿는 핸드폰, 억지로 끌어당겼다. 여동생이었다.

"언니, 이거 들어봐! 방탄소년단(BTS) 알지? 팬들, 힘내라고 만든 노래래. 너무 좋아. 언니도 들어봐!"

평소보다 동생의 목소리가 높았다. 알았다고, 들어보겠다고 했다.

방탄소년단 '다이너마이트(Dynamite)' 가수 이름이 뭐야, 노래 제목은 또 왜 이래. 무슨 폭탄인가. 피식 웃음이 나왔다. 재생 버튼을 눌렀다. 일곱 명의 예쁘장한 청년들. 노래도 잘하고 춤도 잘 추네. 눈도 즐겁고 귀도 즐겁고. 그날 이후로 듣고, 또 들었다. 신나는 리듬이 좋았다. 어깨를 들썩거렸다. 설거지할 때도, 빨래 널 때도. 연신 흥얼거렸다. 노래를 듣다 보니 가사가 궁금했다. 스물넷, 아들과 비슷한 또래의 젊은 친구들은 어떤 생각을 할까. 찾아보고 내용에 놀랐다. 어떻게 이런 생각을 했나. 나보다 어른다웠다. 다른 곡도 찾아 들었다. 책을 읽을 땐 작게, 운전할 땐 차가 떠나가라 노래를 따라 불렀다.

매주 화요일 대학원 수업이 있는 날이다. 학교 갈 준비를 마치고 주차장으로 내려갔다. 옆 좌석에 가방을 놓고 핸드폰을 거치대에 올렸다. 음악을 재생하고 운전대를 잡았다. 출발 전 볼륨을 최대한 높였다. '러브 마이셀프(Love Myself)' 목청을 가다듬었다. 아무도 없는 차 안 혼자 부르는 노래에도 괜히 긴장됐다. 가사를 떠올리며 따라 불렀다.

'어쩌면 누군가를 사랑하는 것보다 더 어려운 게 나 자신을 사랑하는 거야.'

두 눈에서 눈물이 뚝뚝 흘렀다. 볼을 타고 쉴 새 없이 흐르는 눈물을 손등으로 훔쳤다. 안경에 뿌옇게 김이 서려 앞이 흐렸다. 갓길도 없는 도로 멈추지도 못했다. 그대로 학교까지 달렸다.

본관 앞 가장 먼저 보이는 빈자리에 주차했다. 의자 옆 주머니에 넣어둔 휴지 더듬거려 꺼냈다. 흥! 세차게 코를 풀었다. 금방 멈추겠지. 핸들에 손을 올리고 이마를 댔다. 눈을 감았다. '갑자기 왜 이러는 거지.' 서서히 잦아든다고 생각하면 또다시 터지는 울음. 어깨를 들썩였다. 엉엉 소리 내 울고 싶지만, 소리가 안 나왔다. 가슴에 큰 돌덩이를 얹은 듯 답답했다. 몇십 분을 그대로 앉아 있었다. 훌쩍이는 소리, 들이쉬고 내쉬는 숨소리만 크게 들렸다.

당연하게 생각했던 것들에 미안한 마음이 올라왔다. 가족이니까 무조건 이해하고 받아줘야지. 고마워하지 않았고 더 위해주지 않는다고 불평했던 내 모습이 떠올랐다. 나는 타인에게 휘둘리지 않으려 어떻게든 피해 다녔으면서 가족은 내 마음대로 하고 싶었다. 다른 사람에게 표현하지 못했던 불편한 감정도 모두 쏟아냈다. 화풀이 대상이 되었던 거다. 마음과 다른 말들로 상처를 줬다. 못나고 이기적인 나, 미안했다.

나를 사랑하지 않았다. 실은 방법을 몰랐다. 나에게 모질게 대하고 비판하는 게 나를 사랑하는 거라고 했는데, 아니었다. 가족과 주변 사람들에게 함께 있으면 편안한 사람이 되고 싶었다. 주는 사랑도 받지 못하는 비뚤어진 사람이었다.

일주일에 네댓 번, 술에 취한 밤이면 고래고래 집안이 떠나가라 소리 질렀다. 급발진해 사고를 내는 자동차처럼 갑자기 화내는 아빠, 모든 게 우리 탓이었다. 일이 잘 풀리지 않는 것, 받을 돈을 못 받는 것, 모두 다 우리 때문이었다. 엄마가 집 정리하지 않아서였고, 우리가 말 안 듣고 공부를 못해서였다.

아빠의 웃는 얼굴 기억에 없다. 차갑고 싸늘한 표정 눈을 마주치면 어떤 걸로 화를 낼지 몰라 고개를 숙였다. 재미있게 TV를 보며 웃다가도 문을 열고 들어오는 발소리, 아빠가 온다 싶으면 일제히 일어나 후다닥 방으로 들어갔다. 잽싸게 불을 껐다. 눈만 껌뻑였다. 숨소리도 죽였다. 모두 이불을 덮어쓰고 자는 척했다. 그래야 밤이 짧았다. 모든 걸 망가뜨리는 허리케인 같은 아빠, 늘 엄마가 방패막이였다. 조마조마한 밤, 싸우는 소리가 들리지 않을까. 문틈에 귀를 댔다. 코 고는 소리가 들리기 전까지는 잠을 못 잤다. 학교 다닐 때, 직장생활 할 때, 아빠와 비슷한 나이의 남자들이 무서웠다. 나중엔 남자라는 자체가 불편했다. 남자는 모두 아빠처럼 행동하고 말할 것 같았다. 웬만하면 피했다.

공부 못하는 것, 힘이 없는 것, 아직 어리다는 것도 벗어나고 싶어도 벗어날 수 없는 상황. 내가 미웠다. 왜 공부를 못해서, 왜 여자라서. 작은 실수라도 할까 늘 불안했고, 두려웠다. 전전긍긍하며 나를 몰아세웠다. 결혼하고 이젠 집에서 벗어났다고, 해방됐다고 생각했는데 마음 속 깊이 숨어 있었다.

그런 경험은 사람 관계에도 영향을 주었다. 잘못한 일이 없어도 눈치 보게 했고, 다른 사람의 표정만 안 좋아도 내 탓인 듯 주눅 들었다. 건강한 관계, 적당한 거리가 어려웠다.

나를 돌아보고 깨닫게 된 것이다. 나도 아빠처럼 다른 사람들 탓하고 있었다는 걸. 다른 사람 때문에 힘든 게 아니라 내가 나를 힘들게 했다. 모든 걸 아빠 탓이라고 원망했다. 잘하는 게 없는 것도, 돈이 부족한 것도, 이렇게 사는 것 모두 다.

BTS의 노래, 가사를 듣는 순간 문제를 알아챘다.

'나를 사랑하지 않는 나' 긴 시간 동안 '나를 미워한 나' 빈속에 소주를 들이부은 것처럼 속이 쓰렸다.

우린 관심이 있거나 궁금하면 질문을 한다. 대답을 듣고 조금씩 알아간다. 내게 관심 가져야 했던 거다. 내가 나를 가장 잘 안다고 생각했지만 오만이었다.

TV 채널을 돌리다 우연히 봤다. '아름답게'의 아름이 '나'를 뜻하는 말이라 했다. 머릿속에 계속 맴돌았다. '아름답다, 나답다.' 결국 나다운 모습이 가장 아름답다는 뜻이었다. 내가 온전히 나일 때. 나답다는 게 뭘까. 이제, 나를 사랑하는 방법을 공부할 때다.

2-4 나를 성장하게 해준 육아

김나라

다시 밤이 되었다. 잠자리에 들기 전 폭신한 침대에 눕는다. 어떤 하루였는지 기억과 감정들이 스쳐 간다. 언제부턴가 잠들기 전 내 하루가 마음에 들었으면 했다. 오늘은 참 잘 살았다는 생각이 드는 날에는 내일이 기대되었다. 그 찰나가 늘 좋다. 기분 좋은 일만 느끼며 살 순 없다. 그러나 바쁘고 피곤하더라도 하고 싶은 일 하며 성장하는 현재의 삶에 감사한다. 이런 마음이 들기까지 쉽지는 않았다. 출산 이후 한동안 스스로 여유가 없다는 한계를 지었다. 하지만 그 한계가 나를 오히려 성장하게 했다.

출산 후 3년까지는 육아를 위해 일 생각하지 않았다. 집안일과 육아는 자연스레 내 몫이었다. 신랑의 출근 시간은 일주일마다 다르다. 주간과 야간으로 한 주씩 돌아간다. 그때그때 맞춰 식사 시간이 정해졌다. 내 끼니를 따로 챙겨 먹기보다 한 번 차리고 치우는 일이 편했다. 내 일과는 남편과 아이의 일상에 따라갔다. 평범했던 일상의 밤은 아이가 빨리 잠드는 게 행운이자 행복이었다. 밤늦게 혼자 TV를 보는 일은 내 보통의 심심풀이 시간이었다. 때때로 잠에서 깨 엄마를 찾는 울음소리에 금방 끝나기도 했다. 가끔 육아하는 친구들을 만나 함께 점심을 먹었다. 아이를 데리고 만나는 친구 모임과 그렇지 않은 만남은 차이가 컸다. 함께하면 공동 육아할 수 있고, 수다를 떨 수 있는 장점이 있었다. 편하게 앉아 쉬기만 하는 시간은 아니었다. 모임의 장소는 거의 집이다. 점심쯤 주문한 음식이 왔다. 손이 되는 누군가 포장을 뜯어 상에 차린다. 그날의 집주인은 가위, 그릇 등 식기구를 챙기느라 더 바쁘다. 다 함께 둘러앉아 먹다가도 모두의 눈은 아이들에게 향해 있다. 울거나 기저귀를 갈아야 할 때, 넘어질 듯할 순간들엔 자동으로 몸이 일어나진다. "얼른 와, 앉아서 먹어. 난 다 먹었어." 하며 일어나는 일에 익숙했다. 각자 되는 상황에 맞게 식사를 마쳤다. 친구들을 만나러 가려면 짐을 꾸리는 일부터 시작이다. 아이 식사 시간을 계산해 이유식과 분유를 챙긴다. 젖병, 따뜻한 물을 담은 보온병, 기저귀와 여벌옷 담는다. 바람이 좀 부는 날이면 겉옷도 챙겨야 한다. 이동 중에 아이가 혹시 보챌지 모르니 아기 과자도 나누어 담아 챙긴다. 몸 앞에는 아기띠, 뒤에는 배가 볼록해진 가방을 멘다. 준비하고 이동하는 일부터 에너지가 쓰이는 일이었다. 물품을 이것저것 다 챙겨도 빠진 용품이 있을 때면, 출산 후 건망증이 심해졌다는 핑계를 댈 뿐이었다.

집에서 육아와 살림을 하는 게 행복으로 느껴지는 날도 분명히 있었다. 하지만 시간이 지날수록 내 자리는 점점 더 좁아지는 듯했다. 아이와 깔깔깔 웃고 놀아주는 일에 만족하면서도, 일상에서 벗어나고 싶은 마음이 컸다. 정작 나를 위해 스스로 선택해서 하는 일은 거의 없다 느껴졌다. 내가 나를 챙겨야 한다는 사실을 잘 알아차리지 못했다. 아무리 해도 티 나지 않은 일과 육아, 그 외에는 특별히 할 일도 없다 느껴졌다. 물티슈 뚜껑을 열면 보이는 「엄마, 충분히 잘하고 있어요.」라는 스티커 문구만이 심심한 위로가 되었다. 이런 일상에 만족하지 못함을 표현하는 일도 배부른 소리 같았다. 거절하고 싶은 약속이 생겨도 적당한 핑곗거리가 없었다. 일이 있으면 있는 대로, 없으면 없는 대로 하루를 보냈다.

나도 내 할 일 있는 사람이 되고 싶었다. 생각에 잠길 때면, 가끔 서랍장에 지난날 다이어리를 꺼내 읽곤 했다. 아이 물품 서랍장을 청소하다 눈에 띈 노트 펼쳐봤다. 하고 싶은 게 많은 나였다. 맨 앞장에는 그해 이루고 싶은 목표와 버킷리스트가 적혀 있었다. 옆 칸에는 그동안 아이를 위해 만들었던 교구도 정리되어 있었다. 독서 후 내용과 관련된 놀이를 위해 만든 물품들이다. 활동명 적어 비닐에 담아 보관해 두었다. 특히 좋아했던 교구들은 언젠가 유용하게 쓰일 날을 기대하며 모아두었다. 아이와 함께하면서도 어쩌면 내 미래를 조금씩 준비하고 있었다는 생각이 들었다. 자연스레 육아로 잠시 멈추고 있었던 공부를 시작하자 마음먹었다. 가장 먼저 무얼 해야 할지 몰랐다. 그러나 다음에 한다는 생각으로 미루고 싶진 않았다. 일상에 내 시간과 영역 만들고 싶었기 때문이다. 일단 시간을 확보하려 했다. 신랑이 주간이면 저녁에 있으니 아이 재우는 일을 부탁했다. 당시 그 일은 매일 내게 주어진 어려운 과제였다. 1시간이 넘도록 아이에게 이만 자자는 말을 몇 번이고 반복했다. 신랑이 아이와 함께 자면서부터는 엄마와 잔다며 밤마다 실랑이를 벌였다. 그래도 내 할 일 하는 시간 지키고 싶었다. 엄마는 이제 공부해야 한다며 의도적으로라도 그 시간을 지키려 했다. 매일 잠들기 전 동화책 2권을 읽어주고 잠자리 인사를 나누었다.

남편이 집에 일찍 오는 주간이면 내 시간을 가질 생각에 하루가 기대되었다. 아이는 밤마다 엄마와 같이 자면 안 되는지 물었다. 거절에 토라질 때도 있었지만 익숙해졌다. 일과 중에는 아이에게 많은 시간과 정성을 둔다고 생각했기에 미안한 마음이 크진 않았다. 엄마는 공부를 열심히 하고 책을 많이 읽는 사람이라는 칭찬을 건네기도 했다. 일정한 공부 시간을 갖기 위해 강의를 신청해 들었다. 아동 독서 관련 자격증도 하나 더 취득했다. 활용할 수 있는 도서들을 정리하고 모았다. 글쓰기에 관련한 책 읽으며, 닮고 싶은 작가의 책을 매일 필사했다. 내 시간을 확보해 무언가에 집중하는 일이 즐거웠다. 새로운 세상과 연결되는 기분이었다. 아이가 어린이집을 다니게 되고 등원한 뒤에는 곧바로 컴퓨터 의자에 앉았다. 내 안의 이야기들을 모조리 기록하기 시작했다. 책 쓰기에 대한 무료 특강 골라 들었다. 초고를 쓰면 반은 성공이라는 말에 무작정 매일 페이지를 채워 갔다. 2년 전 아무 형식과 절차를 모른 채 쓴 A4 80장의 글이 있다. 누가 보아도 부족하겠지만, 자발적으로 내 계발을 위해 쓴 소중한 기록이다. 지울 수 없는 보물이다. 내 영역을 넓히면서 집안일은 우선순위에 밀리기도 했다. 그러나 집이 좀 더럽고 끼니를 놓치더라도 앞으로 나아가는 내 성장의 시간이 즐거웠다. 미뤄도 마음 쓰이지 않았다.

육아의 시간은 아이 가장 가까이에서 일상을 교감하며 행복을 느끼는 소중한 시간이었다. 그와 동시에 더 값진 현재를 살게 한 동기가 되었다. 스스로 만든 한계 안에서 나를 찾으려는 노력이 나를 성장하게 했다. 내 할 일 있는 사람으로 살아가자 결단하고 시간 확보했다. 나에게 집중할 시간을 먼저 정하니 내 일상에 의미가 더해졌다. 아이와 함께 성장하는 엄마로 살아갈 수 있었다. 시간이 없다고 때때로 한탄하던 육아는 아이에게 더 좋은 모습을 보여줄 수 있다는 뿌듯함으로 채워졌다. 가족에게 좋은 본보기가 될 수 있다고 믿는다. 나를 발전시키는 일은 일상의 중심을 잡아준다. 그리고 만족스러운 현재를 살아가는 큰 힘이 되어주고 있다.

2-5 블로그 쓰는 시간 덕분에

백란현

업무를 수행할 땐 다른 사람 먼저 챙기지만 블로그 쓰는 시간은 나부터 챙길 수 있다.

2020년. 교사와 학부모는 걱정 많았다. 코로나 감염에 대하여, 학생들 학습 성취에 대하여, 출근하는 부모로 인해 혼자 남아 원격 수업 참여해야 하는 아이들로 인해서다. 불안한 학부모의 마음이 학교로 전달되었다. 교사인 나도 집에선 엄마다. 나 역시 학생들 수업은 챙기면서 딸들 학습은 돕지 못했다. 직장맘도, 학교 교사도 코로나로 인한 콘텐츠 수업이나 쌍방향 수업은 처음 겪는 일이었다.

코로나 시국에 5학년 부장을 맡았다. 회의도 자주 열렸고 학부모 민원 전화도 많이 받았다. 3월 2일이 개학이었지만 여러 번 개학이 연기되었다. 4월 16일에 원격수업 방법으로 1학기 과정을 시작한다는 연락을 받았다. 줌 실시간 쌍방향 수업이 활발하기 전이었다. 내가 근무하는 학교는 과목별 올려둔 설명 영상을 학생들이 시청한 후 선생님이 안내한 과제를 해결하는 방법으로 출석과 진도를 확인했다. 학생들은 집에서 아침 9시에 e학습터 로그인부터 해야 한다. 로그인 기록도 없고 1교시 교과목 클릭한 표시도 없다면 아마도 늦잠을 자는 것이다. 해당 가정에 전화를 걸어 오늘 시간표대로 학습할 내용을 안내한다.

학생들은 1교시부터 6교시 분량의 동영상 보고 과제 해결한 결과를 댓글로 남겼다. 선생님들은 댓글에 다시 댓글을 달아 학생들에게 과제를 확인했다고 알려주었다. 매일 반복이었다. 수학처럼 교과서에 문제 풀이를 한 경우에는 e학습터 '사진 게시판'에 문제를 푼 교과서 페이지를 사진 찍어 올리게 했다. 그렇게 하여 채점하고 오답이 나온 이유에 대해 전화 통화하거나 댓글을 달아 알려주었다. 때로는 페이스톡으로 풀이 과정을 설명해 주었다.

학생들이 오전에 원격수업에 참여하는 동안 채점하고 피드백했다. 오후에는 늦게 과제 올린 학생의 결과도 확인해야 하지만 다음날 원격수업 내용을 만들어 게시판에 올려야 했다. 매일 모니터 앞에 붙어서 일하다 보니 시간이 모자랐다. 퇴근 후에도 e학습터를 켜놓고 동영상을 찾아 수업 자료로 올리곤 했다.

원격수업 기간에 교무실에 민원이 들어왔다.

"유튜브 링크만 올리고 선생님들은 뭐합니까? 학습 꾸러미도 나누어 주지도 않고 뭐 하는 겁니까?"

교내에서 일어나는 교사의 움직임을 학부모가 모두 알 수는 없다. 댓글과 통화를 통해 학습을 챙기곤 있지만 학습을 잘 따라 하는지는 부모로서 걱정스러울 터다. 의논해서 해결할 생각 대신 선생님을 향한 표현법이 아쉬운 상황이었다.

코로나 기간에 우리 학년은 사전 학습 꾸러미를 주지 않느냐는 민원도 들어왔다. 원격수업하는 이유는 접촉을 최소화하는 방안으로 여겼기에 학습 꾸러미를 만들지 않았다. 저학년은 스마트 기기 활용이 쉽지 않으므로 매주 인쇄된 학습지를 교문 앞에서 배부했었다.

학년부장으로서의 노력은 모르겠지. 누구 부모라는 말도 없이 항의하듯이 걸려 온 전화에 기운이 빠졌다. 그러나 속상한 마음 나눌 겨를도 없다. 여섯 명의 담임은 오늘도 내일 수업을 계획해야 하고 오늘 과제 수행 여부도 확인해야 한다.

밤에 블로그를 열어 비공개 카테고리에 민원 이야기를 메모했다. 나만의 공간이니 쏟아내고 싶은 말 모두 적을 수 있다. '〈오늘의 학습〉이라고 공지한 내용부터 챙겨보면 좋겠다, 몇 반 누구 부모인지 말하지도 않았는데 민원을 접수하는가, 1반부터 6반 선생님 모두 가시방석이다, 기운 빠진다 등.'

블로그는 내 편이었다. 함께 수다 나누고 편들지 않더라도 블로그는 나를 이해해 주었다. 학교에서 스트레스를 받아 퇴근했더라도 집에서는 학교에서의 어려움을 얘기할 수 없다. 세 명의 딸들도 귀가 있기 때문이다. 엄마의 근무지는 딸들의 학교다. 집에서는 입을 다물고 블로그를 연다.

5학년을 맡아 가장 늦게 등교가 이루어졌다. 6월 8일이었다. 등교를 앞두고 어떤 형태로 학생들 밀집도를 줄일 건인가에 대한 부장 회의가 여러 번 소집되었다. 같은 반에서 A, B 그룹으로 나누어 주 2회 등교하기로 했다. 학생들을 대면하는 일에 설레기도 했고 손소독제 포함 교실 방역 업무가 늘어서 걱정도 되었다. A그룹이 교실에서 나와 함께 수업하는 동안 B그룹은 가정에서 e학습터 동영상을 보고 과제를 내야 한다. 진도를 맞추는 일도 쉽지 않았지만, 학생들이 학교에 올 수 있다는 것만으로도 다행이었다. 단, 담임 교사로서 수업에 대한 업무량은 두 배 이상이었다. 등교 그룹 하교시키자마자 집에서 강의 들었던 학생들 챙겨야 했다. 원격수업 출석부와 과제 체크를 해야 했고, 다음 날 등교수업과 원격수업 준비도 해야 퇴근할 수 있다. 교실 청소도 담임 몫이다. 등교하기 전 4, 5월에 e학습터 동영상으로만 강의 들었던 국어, 사회, 수학 교과목에 대한 복습도 진행하려니 등교수업 시간에는 나의 말이 빨라졌다. 방역 마스크 쓰고 끊임없이 수업하다 보니 숨이 찼다. 수업하다가 호흡곤란이 올 것 같았다.

등교수업 하루 만에 교무실로 민원 전화가 왔다. 1시간이나 교감 선생님과 통화를 했다고 한다. 교감 선생님과의 통화는 곧 나에게 전달된다. 학생들 학습을 더 살뜰히 챙기라는 요지지만 내 블로그 글에는 '오늘 참 지친다'라고 적혀 있다.

유명한 교사 유튜버 여러 명을 거론하면서 왜 우리 학교는 선생님이 직접 수업 동영상을 촬영하지 않느냐는 내용도 있었다. 자녀의 학습을 염려하는 마음이야 이해한다. 기술력이 풍부한 유튜버랑 비교를 당하니 일할 의욕은 사라졌다. 선생님들끼리 회의가 이어졌다. 영상 촬영을 하는 게 문제가 아니라 한 사람의 민원으로 인하여 우리가 요구 사항을 전적으로 수용하고 해결하는 것 같았다. 그래도 수학, 음악 과목을 수업 촬영해 보기로 했다. 음악은 휴대용 피아노로 음을 쳐 가며 가창곡을 가르치는 동영상을 촬영했다. 내 목소리도 동시에 녹음했다. 화면 녹화 기능을 사용하여 노래 부르기 시범 보이는 영상도 녹화했다. 40분 수업을 위해 촬영과 편집까지 9시간이 걸렸다. 처음 해보는 일이라 능숙하지 못했다. 퇴근 후 집에서도 작업을 했기에 새벽 2시에 잠들었다. 다음 날 아침 교감 선생님 앞에 가서 9시간 걸렸다고 말했다. 더 이상 이렇게 진행하긴 무리라는 말도 덧붙였다. 수학은 노트패드를 활용하여 교과서 pdf 파일에 펜으로 곱셈식을 가리키며 동시에 설명하는 말을 해가며 화면 녹화했다. 분수의 곱셈 부분이었는데 한 차시 설명에 시간이 많이 소요되었다. 학부모 요구가 있었기에 시도는 해봐야 할 것 같아서 음악과 수학 촬영을 한 후 무엇이 더 중요한가 하는 생각이 들었다. 기존 제작된 동영상을 사용하는 것도 괜찮은 방법이었다. 학생들 수업은 진행해야 하고 교사도 시간을 아껴가며 학생의 실력 향상에 도움을 줘야 한다.

코로나 기간, 건강과 학습에 대한 걱정이 앞섰던 시기였다. 학교에 있으면서 억울하게 느껴지는 일이 벌어질 때마다 블로그에 글을 썼다.

늦은 퇴근을 하면서도 밤엔 블로그를 열었다. 그날 업무 중에서 내가 챙긴 일을 남겼다. 선생님이 열심히 하지 않는다는 오해를 받지 않기 위해서, 선생님은 편하겠다는 말을 듣고 싶지 않아서.

일기 형태로 비공개 글을 쓰다가 점차 코로나 봄, 여름 등의 주제로 학교 이야기를 써 내려갔다. 쓰는 시간 동안에는 열심히 하지 않는다고 말 들어서 속상한 마음도 가라앉았다. 쓰는 행위는 나의 감정도 달래 주지만 민원인의 마음도 조금은 이해하도록 도움을 주었다. 처음 겪는 시간 때문에 모두가 불안했을 터다. 어쩌면 '민원'은 하소연할 곳 없는 학부모가 불안한 마음을 털어놓는 행위였을지도 모른다. 내가 조금 일찍 글을 쓰기 시작했다면 상호 간에 품격 있는 대화가 이어지지 않았을까.

민원인이 학교를 상대로 요구하면 교무실에서는 해당 학년에 전달한다. 글을 쓰니 중간 입장의 교무실도 고생이 많다는 점을 생각하게 되었다.

예전 같았다면 다른 사람만을 위해 생활한 것 같아 마음이 편치 않았을 텐데 글쓰기 가치를 알게 된 후 쓰는 행위가 나도 챙기면서 다른 사람을 이해하는 도구가 된다는 점을 발견했다.

비공개로 구구절절 적었던 기록은 이렇게 기억 창고로 활용된다. 쓰는 동안 고요해진다. 쓰는 시간을 나에게 선물한다. 나부터 챙기는 행위다.

2-6 잊혀진 꿈

소유

살림 밑천인 장녀로 살면서 가족을 나보다 우선으로 생각했다. 그렇지만 가족은 내가 장녀의 역할을 충분히 했다고 느끼지 않은 것 같다. 난 가족이 원하는 부분을 채워주고 해결해 줄 의무가 있는 '도구' 같다고 생각했다. 그때마다 자책감과 죄책감에 시달리며 내 꿈, 내 희망, 내 행복은 무엇인지는 잊고 살았다. 내가 뭘 좋아하는지 뭘 싫어하는지 누가 물어보기라도 하면 아무것도 떠오르지 않고, 머릿속이 하얗게 되어 전혀 답을 하지 못했다. 말을 거의 하지 않아서 사람들과 소통하는 언어기능도 부족했고, 무엇을 결정할 때 스스로 결정하지 못하고 다른 사람들의 의견을 더 참고했다. 그러다 보니 주변 사람들에게 휘둘리기 쉬웠고, 나보다는 그들의 요구를 우선으로 따르는 주관 없는 사람이 되었다. 내 깊은 내면에 항상 분노와 울분이 깔려 있었지만, 그 당시엔 전혀 알아차리지 못했다. 제대로 표현하지 못했기에 감정 기복이 있었고, 점점 내면에 부정적인 덩어리가 커지고 있었다. 내 감정이 무엇인지조차도 몰랐다. 누군가가 자극을 주면 반응하고 수동적으로 결정했고, 친구 관계나 이성 관계도 수동적으로 따라가거나 극단적으로 단절을 하는 등 원만하지 못했다. 마치 나의 주인이 내가 아닌 것 같은 느낌으로 살고 있었다.

30대 초반 우연히 지인의 소개로 대학에 들어갔다. 딱히 목표가 있는 건 아니었지만 어떤 이끌림이 있었던 것 같다. 전문대였지만 고등학교 졸업 직후가 아닌 30대에 대학에 들어갔다는 것만으로도 너무 기뻤다. 나보다 어린 친구들도 많았고, 나이가 많은 분들도 제법 있었다. 공부하다 보니 자격증도 두 개나 취득할 수 있었다. 국가 자격증이었다. 그때부터인 것 같다. 내 안에 잠들어 있던 것들이 슬슬 깨어나기 시작한 것이. 일도 정말 열심히 했고, 짬짬이 공부하고 운동도 하고 친구들과 직장동료들과 어울리고 쉴 새 없이 바빴던 때였다. 말은 많지 않았지만, 우울할 시간도 없었다. 조금씩 자신감이 생겼고, 활기가 도는 내 모습을 보며 가족도 대견해했다. 엄마는 계속해서 선을 보게 했지만, 성사가 된 적은 없었다. 엄마 집에 얹혀살면서 차곡차곡 돈도 모였고, 월세였지만 독립도 했다. 학업도 계속 이어가며 운동도 쉬지 않았고 열심히 일하며 친구들과 여행도 가고 열심히 놀았다. 어디서 그런 에너지가 나왔던 건지 전혀 힘들지 않았다.

내 나이 마흔이 되었을 때, 뭔가 채워지지 않고 허전하다는 느낌이 들었고, 40대가 된다는 것은 또 다른 무언가를 준비해야 하지 않을까 고민이 되던 와중이었다. 어느 날 일하던 중 우아하고 아름다운 중년 여자분이 눈에 들어왔다. 고상하고 한국적인 분위기가 느껴지고 후광이 비치는 듯 환해 보였다. 내가 바라던 미래의 내 모습이었던 걸까? 그분을 보고 뜬금없는 질문을 하게 되었다.

"혹시 뭐 하시는 분이세요? 너무 고우세요." 이런 질문을 하다니 나도 놀랐다.

"한국무용 해요. 재미있어요. 배워보고 싶으면 연락하세요."

"제가 마흔인데 시작할 수 있나요?"

"그럼요. 당연하죠. 시작하기 좋은 나이예요. 시간 될 때 연락하고 오세요. 이 근처에요."

나는 위치도 어디인지 알아놨고, 전화번호를 저장했다. '이 나이에 무용할 수 있다고?' 생각해 보니 학창 시절 한국무용 하는 친구들을 보며 너무 멋지다고 생각했었다. 나도 한국무용이 너무 하고 싶었고, 발레도 하고 싶었던 꿈이 기억났다. 그래서 그분에게 이끌려 나답지 않게 그런 용기가 났고 전화번호까지 받지 않았나 싶다. 한동안 바빠서 미루다가 몇 달 만에 연락하게 됐고, 그분은 아주 반가워하시며 친절하게 안내해 주셨다. 그때부터 나의 인생에 한국무용이 시작되었다. 처음엔 너무 어려워서 포기할까도 했지만, 시간이 지나면서 하루하루 다르게 발전하는 내 모습이 신기하기도 했고 너무 재미있었다. 더듬더듬 배우던 내가 시간이 지나면서 무대 중앙에 서게 되었고, 각종 행사나 대회도 참여했다. 그때가 내 인생에 가장 열정적이었던 시간이었던 것 같다. 너무너무 열심히 열렬히 일하며 공부하고 무용하느라 밥 먹을 시간도 없었다. 도시락을 차 안에서 먹어가며 열정을 뿜어냈다.

예쁘게 화장하고 예쁜 한복을 입고 멋진 음악에 맞춰 무대에서 춤을 추다니 너무너무 행복했다. 나를 보고 예쁘다고 잘한다고 말해주는 사람들이 있고, 멋진 사진과 동영상들, 대회에서 받은 트로피들을 볼 때마다 뿌듯했다. 아마추어 무용수지만 마치 프로처럼 느껴졌으며, 꿈을 이루고 있다고 생각했다. 자존감이 바닥이었던 나라는 사람의 이름이 트로피에 새겨지고, 안내 팸플릿에 사진과 이름이 올라간 것을 보며 나의 존재를 느낄 수 있었다.

'그래. 이게 나지?! 내가 바라던 내 모습이 이거였지?'

하며 밤새도록 동영상을 보고 또 보고, 사진을 보고 또 보고 그렇게 좋을 수가 없었다.

나의 에너지는 거기서 멈추지 않았다. 학업도 게을리하지 않았다. 박사과정까지 멈추지 않고 달렸다.

'뭘까? 이 원동력은? 내 안에 무엇이 잠재되어 있던 걸까?'

그냥 지나칠 수 있었던 우연한 계기를 시작으로 내 인생이 완전히 바뀌어 가고 있다. 정말 우연한 계기였던 걸까? 살림 밑천이라는 양어깨를 짓누르는 책임감에 가려져 내가 알아차리지 못하고 있었던 진짜 나일까? 사실 나는 에너지 넘치고 뭐든 한다면 하는 사람이었나? 생각해보니 학창 시절엔 그랬었다. 뭐든 하면 눈에 띄었고, 잘했다고 인정받던 아이였다. 너무 쉽게 꿈들을 포기하면서 좌절을 경험하고 나도 쉽게 포기했던 걸까? 힘들다고 유서 한 장 적어놓고 삶을 끝냈다면 어땠을까? 난 그냥 나약한 존재로 남아 있었겠지? 그랬다면 얼마나 후회했을까?

꿈을 찾고 도전하고 안 되면 다시 해보고 그게 나로 사는 삶이 아닐까? 꿈이 주는 에너지는 상상 그 이상인 것 같다. 다음날이 궁금해지고 결과를 위해 노력하고 그렇게 하루하루가 궁금해진다.

2-7 사춘기 또 다른 시작

송기홍

남의 눈치 보며 살피던 나는 칭찬을 들으면 자신감도 생기고 기분이 좋았다. 교회 사람들은 언제나 나를 칭찬했다. 그리고 눈치 보던 모습은 조금씩 사라지기 시작했다. 중학생이 된 내게 부모님이 사준 교복은 몸집에 비해 한참 컸다. 팔과 다리 부분을 두 번을 접어야 맞을 정도였다. 옷이 너무 커서 거울 앞에서 팔을 들고 비춰보면 허수아비같이 보일 정도였다. 그런데도 남의 집에 보내지 않고 중학교에 보내주신 부모님께 한없이 고마웠다.

중학교에 입학하고 얼마 지나지 않은 어느 날이었다. 청소 시간에 친구와 싸웠다. 책상과 의자를 모두 뒤로 밀어 놓고 청소를 하던 중이었다. 정현이도 우리 분단이라 같이 청소해야 하는데, 청소는 하지 않고 장난만 치고 있었다. 빨리 청소하고 집에 가자고 얘기해 보았지만 계속 장난치며 오히려 청소를 방해했다. 그리고 청소하는 우리를 조롱했다. 청소하여 모은 쓰레기들을 발로 차 흩트려 놓았다. 나는 화가 났다. 이때는 참으면 안 된다는 생각이 들었다. 그래서 청소하다가 그 친구와 싸웠다. 주먹질도 하고 발길질도 하고 엉켜서 뒹굴기도 하면서 씩씩거리며 싸웠다. 초등학교 다닐 때는 생각도 못 했던 싸움이다. 친구와 싸웠는데, 초등학교 때처럼 바보같이 기죽어 있지 않고 싸워서 기분은 좋았다. 태어나서 처음 싸워본 것 같은 생각이 들었다. 누가 이겼는지 졌는지 그것은 기억나지 않는다. 그 싸움이 있고 난 뒤 나는 정현이와 더 친해졌다. 싸우고 나니 자신감도 생겼다.

그러나 아직도 부모님 앞에서는 눈치 보는 아이였다. 나는 그렇게 기죽어 있는 나 자신이 싫었다. 부모님 앞에서는 말 잘 듣는 착한 아이인 척했지만, 나는 부모님이 안 계신 곳에서는 점점 거칠게 변해가고 있었다. 특히 학교에서 그랬다. 초등학교 시절 늘 기죽은 아이로 살았는데, 중학생이 된 지금은 자신감 넘치는 사람이 되고 싶었다. 중학생이 되면서 친구들과 싸울 일이 있으면 피하지 않았다. 강해 보이려고 강해 보이는 친구들과 어울려 다니기도 했다. 강한 척 허세를 부리기 위해 선배들 따라다니며 술도 마셨다. 담배도 태웠다. 매일은 아니지만, 친구들과 어울려 다니다가 누군가 술을 권하면 술을 마셨고, 담배를 권하면 담배도 입에 물었다. 그러나 너무 맛이 없었다. 중학교 2학년 때는 학교 근처에서 자취방을 얻어 친구들과 함께 살았던 적이 있다. 친구들과 어울리는 것을 좋아해서 강해 보이는 그 친구들과 4명이 방을 얻어 함께 살았다. 그러다가 사고를 쳤다. 여치가 울기 시작하는 어느 초가을이었다. 저녁을 먹고 우리는 색다른 이벤트를 하고 싶었다. 밤이 깊어가는 시간 문을 닫아둔 채 음악에 맞추어 신나게 춤을 추고 있었다. 온몸은 땀에 흠뻑 젖었고, 기분은 너무 좋았다. 그런데 갑자기 문이 활짝 열렸다. 문밖에는 커다란 두 눈을 동그랗게 뜬 담임 선생님이 서 계셨다. 그 순간 선생님의 두 눈에서 레이저가 발사되고 있었다. '이제는 죽었구나!'하는 생각이 들었다. 온몸은 얼어붙었다. 고개를 떨군 채 숨이 차서 헐떡거리고 있는데, 그 선생님은 한동안 아무 말도 하지 않으셨다. 실눈을 뜨고 살짝 훔쳐보니 아랫입술을 꽉 깨문 채 두 눈에서 레이저가 발사되고 있었다. 나는 긴장되고 부끄럽고 죄송했다. 그러나 선생님은 크게 나무라지는 않으셨다. 나무라는 대신에 별명을 하나씩 지어주셨다. 그리고 너무 소란 피우지 말고 일찍 자라는 말을 남기고 선생님은 가셨다. 그날 이후로 학교에서 내 별명은 '트위스트'로 불렸다. 승민이에게는 '고고', 강준이에게는 '디스코', 형석이에게는 '탱고'라는 별명이 붙여졌다. 우리는 그 춤이 무엇인지 잘 알지도 못했지만, 학교에 가면 담임 선생님께서 우리를 그렇게 부르셨고, 다른 선생님들도 우리를 그렇게 부르는 분도 계셨다. 친구들에게 우리는 졸지에 스타(?)가 되었다. 당시 그 학교는 남녀공학이었는데, 여학생들에게까지 소문이 퍼져서 여학생들도 우리를 알아봤다. 지금 생각해보면 심한 꾸중 대신 장난 섞인 별명을 지어 불러 주셨던 담임 선생님은 우리를 사랑하셨던 것 같다. 그 일 이후로 우리는 담임 선생님의 눈치를 보면서도 우리를 체벌하는 대신 인격적으로 대해 주셨던 그분을 더 좋아하게 되었다. 나는 친구들을 좋아했고, 학교생활은 만족스러웠다.

집이 가난해서 중학교에도 입학하지 못할 줄 알았는데, 부모님은 나를 고등학교에도 보내 주셨다. 고1 어느 봄날 태권도 체육관의 선배를 따라 친구들과 함께 그 선배의 집에 모내기하러 갔다. 친구들과 어울리는 것이 좋았고, 체육관 선배의 요청이라 거절할 수도 없었다. 고등학생들 10여 명이 보령시 어느 농촌 마을에 가서 일했다. 그런데 그 집에서는 학생인 우리에게 술과 담배를 주셨다. 노란 양동이에는 막걸리가 가득 담겨 있었고, 그 위에는 찌그러진 노란 양재기가 둥둥 떠다녔다. 김치와 몇 가지 안주들도 있었다. 그리고 담배도 한 상자 우리 앞에 놓였다. 어른들은 잠깐 계시다가 자리를 떠나셨고, 개구쟁이 고등학생들만 남았다. 이제는 눈치 볼 어른이 없으니 해방된 기분이었다. 우리는 일하면서 조금씩 술을 마셨다. 담배를 입에 물고 모내기했다. 어른이라도 된 것처럼 술 담배를 하고, 큰 소리 내어 떠들며 노래 부르고 일하다 보니 하루가 저물었다. 저녁이 되니 모두 취했다. 다들 기분이 좋은 것 같았다. 그러나 나는 기분이 찜찜했다. 죄책감이 들었다. 그날은 일요일이었는데 교회 가지 않은 것이 갑자기 마음을 무겁게 했다. 친구들과 어울리는 것이 좋았고, 체육관 선배가 불러 준 것이 고마워 함께하긴 했지만, 그날 교회에 가지 못했다는 죄책감이 나를 힘들게 했다. 술기운은 올라오고 몸은 피곤했다. 그리고 혼자 중얼거렸다. '하나님 죄송합니다.' 더 이상 할 말이 없었다. 나의 이런 모습을 부모님이 아시면 실망이 크실 거라는 생각도 들었다. 그리고 나는 그날부터 술과 담배를 끊겠다고 다짐했다. 술과 담배를 끊었을 뿐 아니라 어깨에 힘을 주고 허세를 부리던 모습도 사라졌다. 이제는 착실한 학생이 되기로 다짐했다. 학교에서는 수업에 열심히 참여하고, 학교가 끝나면 체육관에 가서 운동하는 것도 더 열심히 했다. 체육관 수련비는 돈이 없어서 기간 안에 낸 적이 없었다. 관장님의 눈치가 보였지만 얼굴에 철판을 깐 듯 뻔뻔하게 체육관에는 열심히 나갔다. 그리고 열심히 운동했다. 체육관 수련비를 내지 못했다고 관장님이 재촉한 적도 있지만, 체육관에 운동하러 오는 것을 막지는 않았다. 관장님이 수련비를 재촉해도 체육관에는 계속 나갔다. 그러다가 '몸으로 때우자'라는 생각이 들었다. 그래서 체육관에 도착하면 창문을 모두 열어 놓고 말없이 청소하기 시작했다. 운동을 마치면 다른 친구들이 다 갈 때까지 남아 있다가 마무리하고 집에 갔다. 체육관에 있는 시간이 많아지는 내게 관장님은 초등학생들 운동을 가르치라고 지도를 맡기기도 했다. 나는 이미 유단자였으므로 초등학생들이나 중·고생들을 지도하는 것은 어렵지 않았다. 체육관에 새로 들어와 기본동작을 배워야 하는 초보 수련생들을 지도하라고 맡기기도 했다. 나는 공고생이었으므로 학교는 보충수업 없이 일찍 끝났다. 학교가 끝나면 체육관으로 달려갔고, 나는 그것을 좋아했다. 체육관에 도착하면 운동할 수 있게 준비해놓고, 또 모두가 돌아가면 남아서 체육관의 뒷정리도 했다. 우리 선배 중에도 그렇게 운동을 좋아하며 체육관에 머물러 있기를 좋아하는 형들이 있었지만, 선배들은 졸업하면 모두 체육관을 떠나갔다. 공고생이다 보니 졸업하기 전에 취업하는 경우가 많았고 일부는 진학하기도 했다. 이제 나도 고등학교를 졸업할 때가 되었다. 다른 친구들은 졸업을 앞두고 이미 취업했거나 진학이 결정되었다. 그러나 나는 진학도 취업도 하지 못한 채 졸업식에 참석했다. 고등학교 시절 언제부턴가 목사님이 되고 싶다는 꿈이 생기기 시작했었다. 그러나 교회도 다니지 않던 부모님은 "꿈도 꾸지 말라" 완강히 반대하셨다.

2-8 실수해도 괜찮아 유

육이일

초등학교 5학년 청소시간, 반 친구가 나를 보며 놀렸다.

"야, 애늙은이!"

처음엔 무슨 말인지 몰라 물끄러미 바라보니 몇몇 아이들이 따라 했다. 담임선생님께서 잘 웃는다며 '방글이'라는 별명을 지어주신 날이다. 이를 시기한 누군가 내 신체 약점을 찾아 말했다.

"눈가의 주름!"

뭐가 좋은지 웃음소리가 점점 커졌다. 애늙은이에 이어 눈가의 주름이라. 화가 머리끝까지 났다. 집이나 동네에서는 밝고 씩씩한 아이였기에 충분히 따지고도 남았다. 오빠에게 대들고 남동생과 치고받고 잘도 싸웠다. 하지만 학교에서는 부끄럽고 창피해서 따지고 반박할 용기가 없었다. 아무 말도 못 하고 집으로 왔다. 오자마자 가방을 던지고 욕실 거울 앞에 섰다. '내가 그렇게 늙었나?' 거울 속 얼굴을 보니 반 친구의 말처럼 눈가의 주름이 보였다. 여태껏 눈가에 주름이 있는 줄도 몰랐다. 거울 속 나를 향해 눈웃음을 치니 장난이 아니다. 한 번도 생각해 본 적 없던 일이라 저녁 밥상 앞에 시무룩하게 앉았다. 좋았던 일, 칭찬받았던 일만 얘기하던 나는 학교일을 가족한테 말하지 않았다.

평상시 맛있고 좋아하는 반찬이 나오면 동생과 경쟁하듯 빨리 먹는데 맛있는 반찬을 봐도 입맛이 없었다. 반찬을 독차지한 동생이 좋아서 웃는다. '이게 뭐지?' 그 모습이 반가웠다. 동생 눈가를 보고 가족을 보니 모두 주름이 있고 웃을 때는 더 심했다. 엄마, 아빠가 이렇게 낳아 주셨고 나와 닮은 가족이 곁에 있으니 오히려 기분이 좋았다. 그 일 이후로 내가 반응을 보이지 않아서 그랬는지 담임선생님께서 방글이라고 날마다 불러 주셔서 그랬는지 반친구들도 '애늙은이'라 하지 않았다. 학교에서 들었던 애늙은이는 어느새 나와 상관없는 별명이 되었다.

명절에 친척들 앞에서 불렀던 노래 실력 덕분일까, 아니면 진짜 내 목소리가 잠을 깨워서 그랬을까?

"다들 졸리지? 혹시 잠 깨워줄 만한 노래 부를 사람."

"선생님, 영민이요!"

몇몇 친구들이 내 이름을 불렀다. 손을 번쩍 들고 먼저 하겠다고 나서진 않았다. 하지만 단골처럼 내 이름이 불릴 땐, 망설이지 않고 앞으로 나갔다.

"앙코르, 앙코르."

노래가 끝나면 박수를 받았다. '한 곡 더' 외치는 친구들이 많아 노래를 잘하는 줄 알았다.

대학 축제를 앞두고 학교 가요제 예심을 봤다. 무슨 노래를 할까 하다가 1980년대 대학 가요제 수상 곡 '내 님' 노래를 불렀다. '누가 내 님 보고 어리다고 말을 하나요. 누가 내 님 보고 귀엽다고 말을 하나요.

나는 네가 좋아 나는 네가 좋아 영원히 좋아해.' 보통 예심은 중간에 '네에, 여기까지 듣겠습니다.' 하는데, 2절 끝까지 불렀다. 혹시나 했는데 결과는 예심 탈락이었다. '이럴 거면 진작 떨어트리지.' 어디 쥐구멍이라도 있으면 들어가고 싶었다. 손으로 얼굴을 가리며 강당 무대에서 입구까지 도망치듯 나왔다. 학생들의 웃는 소리가 귓가에 맴도는 것 같아 얼굴이 달아올랐다. 친구 부추김에 즉흥적으로 나간 것이 후회됐다. 가요제를 나오기 위해서 스스로 갈고닦은 참가자들이 많았다. 평상시 즐겨 부른 곡이라 별다른 준비 없이 부르다니. 나에겐 꾸준한 연습과 노력이 필요했었다. 실패는 성공의 어머니란 말이 오랜 여운을 남겼다.

결혼을 하고 딸아이 네 살 때 국제 금융위기가 우리 집에도 찾아왔다. 경제력을 상실한 집안 분위기는 우울하고 무겁고 활력을 잃었다. 한숨을 밥 먹듯이 했다. 아니 저절로 나왔다. 이러면 안 되겠다는 생각에 활기차게 해줄 방법을 찾았다. 뽀빠이 이상용 아저씨가 진행하는 주부가요열창 TV 광고를 봤다. 어디서 그런 용기가 났는지 전화 신청을 했다. 나 같은 아줌마들이 많이 올 줄 몰랐다. 주부는 결혼해서 살림만 잘 해야 되는 줄 알았는데 아니었다. 내 순서가 되어 피아노 반주에 맞춰 노래했다. 어린 딸이 있어서 그런지 하나도 안 떨렸다. 몇 소절 안 했는데 그만하라고 한다. 부르자마자 떨어진 줄 알고 놀란 눈을 크게 떴다. 결과는 '예심 합격', 열 팀 넘은 주부들이 참가해서 두 사람만 예심에 올라갔다. 오래간만에 잃었던 입맛이 돌아왔다.

본선 진출 날! 카메라에 잘 받는 옷을 입으라는 담당 PD의 신신당부에 새 옷을 장만했다. 친정식구까지 총동원을 하니 천군만마를 얻은 것처럼 든든했다. 축하 꽃다발을 준비해온 오빠가 앞쪽에 앉아 있는 모습이 보였다. '떨리지만 잘하자.' 객석에 앉아 있는 사람들을 인형으로 생각했다. 인형은 말이 없고 감정도 없다. 사람이 아닌 인형이라고 생각하니 덜 떨렸다. 떨린다고 했던 출연자들은 하나같이 잘 불렀다. 드디어 내 차례, 다른 참가자들처럼 안 떨린 척하려고 하나둘, 하나둘 스텝을 밟고 주먹 쥔 왼손을 가볍게 흔들었다. 이제 고음을 낼 차례, 연습하는 동안 한 번도 문제없던 목소리가 갈라졌다. 일부러 내기도 힘든 목소리였다. 쥐구멍이라도 있으면 들어가고 싶었다. 카메라를 생수통이라 생각하며 그렇게 세뇌시켰건만, 순위하고 상관없으니 편하게 있으려 해도 마음처럼 안 됐다.

녹화를 마치고 방송국을 나오는데 한두 방울씩 비가 떨어졌다. 하늘이 나 대신 울어주는 것 같아 그나마 위로됐지만 머릿속에 음 이탈한 장면이 자꾸 떠올랐다. 식사 준비를 해도 침대에 누워있어도 딱 그 소절이 머릿속에서 맴돌았다. '한때 바람처럼 불어와, 나를 사로잡아 버린 열정이~~~.' 이제 그만하자고 머리를 흔들어도 자꾸 불렀다. 이렇게 잘 되는데, 이 부분에서 목소리가 갈라지다니. '지금은 늦었어. 노래 제목처럼 이미 늦었다. 설거지를 하고 집 안 청소를 해도 아쉬움이 밀려왔다.

노래자랑 이후 이번엔 라디오 방송에 사연을 보냈다. '강석, 김혜영의

싱글벙글 쇼' 진행자의 목소리를 통해 음 이탈 사연이 라디오 전파를 타고 전국 방방곡곡에 전해졌다. '임금님 귀는 당나귀 귀'라고 외치는 홀가분한 마음이었다. 속이 후련하다. 비록 열창에는 실패했지만 그 실패담을 통해 노래방 기계 선물을 받았다. 더 이상 노래 경연과 안 맞는다고 생각했는데 노래방 기계라니. 대학가요제 예심 탈락, 주부가요열창 예심 합격, 본선에서 순위 탈락을 경험했다. 첫 번째는 친구의 권유에 떠밀렸고 두 번째는 무거운 내 삶의 분위기를 바꾸려고 스스로 도전했다. 두 번째 노래 도전도 실패를 맛봤다. 하지만, 가보지 않으면 모르는 일상의 즐거움이 있었다. 여전히 실수하고 실패하지만 실수를 애교로, 실수를 사랑으로 봐주는 넉넉한 마음이 내 안에 자라고 있었다.

2-9 달콤한 코코아

조하나

'목적지에 도착하였습니다.'

친절한 내비게이션이 도착을 알렸다. 시계를 보니 벌써 새벽 한시. 운전석 창문을 열고 이리저리 핸들을 돌렸다. 면허를 딴 건 십 년이지만 실제 운전은 일 년도 채 되지 않아 초보운전이나 마찬가지다. 울퉁불퉁한 산길이라 운전이 더 어려웠다. 통행에 방해되지 않기 위해 구석진 곳에 차를 세웠다. 시동과 전조등을 끄니 순간적으로 눈앞이 깜깜했다. 어둠에 익숙해지기를 바라며 여러 번 눈을 감았다 떴다. 코끝도 얼얼했다. 주머니에 있던 핫팩을 흔들어 얼굴에 대고 입김을 '호'하고 불었다. 어두운데도 뿌연 입김이 보이는 것 같았다. 은하수가 보인다는 서해까지 두 시간 반을 왔다. 예정보다 삼십분이나 더 걸렸다. 잠시 시간이 지나니 어둠과 추위에 익숙해졌다. 고개를 천천히 들어 하늘을 올려다봤다. '우와' 소리가 육성으로 터져 나왔다. 하늘은 별천지였다. 별이 보낸 과거의 빛과 나의 지금이 만나는 순간이다. 별은 알고 있었을까. 과거의 자신의 모습이 대한민국, 서해바다에서 '나'와 마주하게 될지. 의도하지 않았음에도 만남은 생긴다. 감사하게도 시간이 흐른다. 그렇기에 지금이 존재한다. 이 순간을 기록하고 싶었다. 핸드폰을 꺼내 사진을 찍어봤지만 만족스럽지 않다. 내 눈에, 마음에 새겨야 했다. 트

렁크를 열어 늘 가지고 다니는 간이의자를 꺼내 자리를 잡았다. 본격적인 별구경이 되었다. 차갑지만 상쾌했다. 오늘을 위해 준비한 보온병 안 코코아는 아직도 온기가 가득했다. 작은 컵에 코코아를 옮겨 담아 입으로 가져왔다. 달콤했다. 혀끝에 닿는 코코아가 달달한 건지 내 기분이 달달한 건지 모르겠다. 이렇게 있을 수 있다는 순간 자체가 내게는 귀하다. 평일 새벽에 은하수라니. 몇 년 동안 버킷리스트에 있었던 이곳에 왔다는 사실에 몸은 추웠지만 마음만은 달콤했다.

한 달 전, 벼르고 벼르던 사표를 썼다. 처음 며칠 동안은 잠만 잤다. 잠에서 깨도 일어나지 않았다. 그때마다 핸드폰에는 메시지와 부재중 통화 목록이 가득했지만 확인할 엄두가 나지 않았다. 그중 눈에 띄는 메시지가 하나 보였다. 「괜찮아?」 음‥ 생각보다 너무 괜찮은 것 같다. 언젠가 유행하던 인터넷 글 중에 직장인들은 가슴속에 사직서 하나씩을 품고 산다는 이야기를 본 기억이 있었다. 나 또한 여러 장의 사직서를 품었던 것 같다. 하지만 꺼내지 못했다. 무엇 때문이었을까. 두려웠던 것 같다. 나를 아낀다는 사람들은 한마디씩 했다. '조금 더 버티면 된다. 다들 그렇게 참고 다니는 거다. 너만 힘든 거 아니다. 경력을 위해 참아라. 일 잘하고 있는데 그만두면 뭘 하려고 하냐.' 걱정 어린 조언이 쏟아졌다. 마음이 불편했다. 그럼에도 품속에 간직하고 있던 사직서를 제출했다. 나도 알고 있다. 대부분 힘들지만 참고 버틴다. 지금까지 나도 그렇게 했었다. 직장에서 받는 인정은 달콤하고 성과는 매혹적인 일이라 생각했다. 그걸 위해 노력했고 스스로를 갈아 넣었다.

그 결과 내게 남은 것은 흐트러진 일상과 만성피로, 무기력감이었다. 곧 스트레스에도 취약해지고 사람도 싫어졌다.

일을 잘 하지 못하는 동료에게 화가 났다. 같이 회의를 진행했음에도 이해하지 못해 나에게 피해 주는 직장동료가 죽을 듯이 미웠다. 비슷한 업무량인데도 처리하지 못해 야근을 밥 먹듯이 하는 동료가 한심했다. 점점 동료들에게 날이 섰다. 그럴 때면 어김없이 분노가 밀려왔다. 알고 있다. 직장 동료가 나쁜 사람이 아니라는 것을. 누구보다 괴롭고 힘든 건 본인일 것이라는 것을. 그럼에도 원망스러웠다. 짜증이 밀려왔고 화가 났다. 그 억겁의 시간을 버티고 집으로 돌아오면 피로가 쏟아졌다. 하지만 누워도 잠이 오지 않았다. 뜬눈으로 밤을 새우는 일은 일상이었다. 신경은 더욱더 날카로워졌다. 한주가 지나 일요일이 되면 괴로움이 밀려 왔다. 끔찍한 월요일이 시작되고 일주일을 또 버텨야 했다. 사는 게 괴롭다고 느껴졌다. 허망감은 사라지지 않았다. 이렇게 계속 살아야 하는 걸까. 숨이 막혔다. 불편하고 부정적인 감정들이 온몸을 휘감았다. 정말 쉬어야 할 때가 온 것 같았다. 신체적으로나 정신적으로나 이제 한계다.

잠을 못 잔다는 건 괴로운 일이다. 내게는 이미 비슷한 경험이 있었다. 첫 직장에서 과도한 업무와 스트레스로 매일 약을 먹어야 했다. 먹고 또 먹어도 살이 빠졌고, 하루 종일 울기만 한 날도 있었다. 사람들과의 만남도 피했다. 초라해져 버린 나를 보여주고 싶지 않았다. 실패

자같이 느껴졌다. 이 선택을 질책하는 주변 사람도 있었다. 좋은 직장에서 버티지 못한 낙오자. 그 이상도 그 이하도 아니었다. 휴식이 필요한 걸 알고 있었지만 쉬지 않았다. 아니 못했다. 그 뒤 십 년이라는 시간이 지나 괜찮아졌다고 생각했다. 그런데 결국은 지쳐버렸다. 겨우 잠이 들면 꿈에서도 일을 했다. 골인 지점이 없는 마라톤 같았다. 달콤하다고 생각했던 인정과 소속감은 내 몸과 마음을 갉아먹고 있었다.

"퇴사하겠습니다."

이 일곱 글자를 내뱉기까지 많은 시간이 걸렸다. 자리를 정리하면서도 사표를 제출하면서도 망설였다. 이렇게 해도 될까? 괜찮을까? 걱정과 불안이 먼저 찾아왔다. 그래도 더 이상은 버틸 수가 없다. 오랫동안 함께한 자리를 정리하고 나오는 길은 생각처럼 즐겁지는 않았다. 오랜 익숙함과 멀어졌다. 매일 앉았던 의자, 업무용 컴퓨터, 이름이 쓰여 있는 수첩과 볼펜, 익숙했던 퇴근길에 빽빽한 이질감이 느껴졌다. 몸과 마음이 모두 무너지고 나서야 결정을 내렸다. 허무하고 원망스러웠다. 이 마음이 나 스스로에게 드는 감정인지 누군가를 향하는 건지조차 알 수가 없었다. 누군가는 손가락질할 것이고 누군가는 혀를 찰지도 모른다. 그렇지만 후회하지 않는다. 변하기로 마음먹었다. 일을 위해 살아가는 것을. 더 나은 미래를 위해 지금을 희생하는 것을. 누군가의 인정을 위해 참고 견디는 것을.

과거와 지금이 마주했던 별처럼. 의도하지 않아도 시간은 흘렀고 앞으로도 그럴 것이다. 과거가 중요하지만 전부는 아니다. 이제부터라도 지금의 나를 살면 된다. 누군가의 입에서 나오는 인정, 일에서 얻을 수 있는 성과는 달콤하지 않다.

진짜 달콤한 것은 오늘의 나를 위해 내가 준비한 코코아다.

2-10 다 내 책임인 것 같았어

홍순지

"왜 쉬지를 못해?"

남편이 자주 하는 말이다. 빨리 성공한 어른이 되고 싶었던 나는 누가 쫓아오는 것처럼 앞만 보고 달렸다. 쉼에 익숙하지 않았다. 등이 아파서 잠시 누웠다가도 몇 분 안 되어 바로 일어난다. 잠시 쉴 생각에 TV 앞에 앉았다가도 불안함과 허전함에 책을 가져온다. 쉬지 못하고 스스로 괴롭혔다.

출산 후 두 달 만에 복직했다. 근무 중에 집에서 걸려 온 전화. 순간 가슴이 철렁했다.

"누나, 엄마가 허리를 다쳐서 119 불렀어."

아이를 계속 안으시다가 고질적으로 아팠던 허리가 더 악화된 거다. 병원에서는 수술을 해야 할 수 있다며 당분간 안정을 취해야 한다고 강조했다. 출근해야 했던 우리 부부는 청주 시댁에 아이를 맡겼다. 돌아오는 차 안에서 눈물이 멈추지 않았다. 아이가 울까 봐 몰래 빠져나오느라 제대로 인사도 못 했다. 잘 있을 수 있을까. 계속 울면 어쩌지. 엄마는 괜찮으실까. 머릿속이 엉망이었다.

지금은 정말 반듯하고 잠도 푹푹 잘 자는 착실한 아들이지만 네 살

무렵까지도 우리 아들은 잠투정이 정말 심했다. 30분을 안고 거실을 뛰어다녀야 겨우 잠들고 새벽에도 두세 번씩 우유병을 쪽쪽 빨아야 잠을 잘 정도로 고집도 센 아이였다. 밤중 수유를 끊어야 엄마가 편하실 테지만 밤새 우는 통에 친정 부모님은 엄두를 못 내셨다. 주변에서도 이렇게 밤중 수유 끊기 어려운 아이는 처음 봤다며 보통이 아니라고들 하셨다.

우리 부부의 퇴근 시간은 기본 10시였고 주말에 출근하기도 했다. 아이와 안정적으로 시간을 보내기 어려워 주중에는 엄마가 친정에서 아이를 돌보셨다. 엄마는 아픈 허리가 무색하게도 지극정성으로 손주를 돌보셨다. 출근이 늦은 아빠가 도와주실 수 있어서 그나마 다행이었다. 두 분은 잘 사드시지도 않는 한우 소고기를 손주에게만 먹이셨다. 매일 아침 강판에 사과를 갈아 면 보자기에 즙을 짜 사과주스도 만들어 먹이셨다. 그냥 사서 먹이면 편하실 텐데 뭐든 손수 만드셨다. 엄마는 통증이 심해질 때쯤이면 침을 맞으며 버티셨다.

나의 부재 때문에 아이가 투정도 많고 잠을 못 자나 싶어 걱정됐다. 결국 회사를 오래 다니지 못하겠다는 생각에 새로운 꿈을 찾았다. 돈을 많이 벌고 싶었고 나의 아이들을 돌보면서 할 수 있는 안정적인 일을 하고 싶었다. 뼈 빠지게 고생하는 엄마, 아빠와 나만 올려다보고 있는 작은 솜털 같은 소중한 우리 아이에게 자랑스러운 엄마가 되고 싶었다.

다시 공부해 약학대학원에 가기로 했다. 당시 대학 졸업 후 의학전문대학원, 약학전문대학원에 가는 친구들이 많았다. 아쉽게도 나는 실패했다. 화학과 유기화학 공부까지는 참 재미있었는데… 거기까지였다. 난 철저하게 문과였다. 물리 공부를 하면서 내 머리의 한계를 자각했다. 왜 공을 던지고 용수철을 왜 압축시키는 건지 당최 이해가 안 됐다. 안될 것을 질질 끌며 시간을 허비할 순 없었다. 딱 1년 공부 후 다른 길을 찾았다. 약사가 된 내 모습을 꿈꾸며 하루하루 버거운 시간들을 견뎌준 엄마에게 너무 죄송했지만 허리 아픈 엄마에게 아이를 온전히 맡기고 공부에만 집중할 만큼 독하지도 않았고 성공할 자신도 없었다. 다른 일을 시작해야 했다.

이번에 찾은 길은 매우 현실적인 일이었다. 학원 선생님. 대학 때부터 과외는 많이 해봤기 때문에 아이들을 가르치는 일은 거부감이 없었다. 좋아했던 역사 과목으로 가볍게 시작했다. 웬걸. 재미있었다. 필기 노트를 정리하고 교재를 만드느라 새벽까지 시간 가는 줄 몰랐다.

그렇게 지금까지도 십여 년간 학원을 운영하며 살고 있다. 수업을 하다보니 잠시라도 책을 보지 않거나 지식을 머릿속에 넣지 않으면 불안한 공부병이 생겼다. 내가 많이 알아야 학생들에게 해줄 이야기가 많다 보니 책을 놓을 수 없었다. 이렇게 공부병 운운하니 누가 보면 의대라도 간 사람인 줄 알겠다. 공부병을 고등학교 때 얻었더라면 참 좋았을 텐데 아쉽다.

처음 학원 일을 시작했을 땐 늦게 시작했기 때문에 더 빨리 강의 실력과 경력을 쌓아야 한다는 생각에 또 조급했다. 이놈의 조급증. 학원 수업 전후로 방과 후 강사나 그룹과외를 하며 쉴 틈을 두지 않았다. 2016년에는 국문학 학사를 추가 취득했고 2020년에는 역사교육학으로 대학원도 진학했다. 대학원 진학 시기가 공교롭게도 교습소 개원 시기와 맞물려 정말 바쁜 시간을 보냈다. 졸업논문 대신 한 과목만 더 들으면 조금은 편하게 졸업할 수 있었을 텐데 고집스럽게 졸업논문까지 썼다.

6~7평 남짓한 교습소에 당시 등록 학생 수가 68명까지 됐다. 한 주의 마지막 토요일은 아침 10시부터 6시까지 점심시간, 쉬는 시간도 없이 수업했다. 수업을 마치면 심장이 아팠다. 심장이 조이고 숨이 잘 쉬어지지 않았다. 한 타임에 수업할 수 있는 인원이 많지 않으니 수업 시간이 길어질 수밖에 없었다. 평일 7시까지 수업하고 있던 내 일상이 무너졌다. 퇴근해 집에 가면 10시가 넘는 날도 있었다. 집에 와서는 대학원 과제까지 해야 했다. 그 무렵 남편 회사 발령으로 주말부부를 하고 있었다. 남편의 빈자리를 채워야 한다는 부담감까지 더해져서일까. 결국 몸이 안 좋아졌다. 지금 되돌아보면 그때가 내 체력의 한계점이었던 것 같다.

집에 오면 내 퇴근 시간만을 기다린 나의 아이들이 있다. 온종일 학교와 학원에서 있었던 밀린 이야기를 쏟아내며 나를 올려다본다. 기대하는 눈빛에 맞춰 크게 호응해주고 싶지만 한 마디도 할 수가 없다. 목소리가 나오지 않았다.

"엄마가 너무 미안해. 말을 못 하겠어. 잠깐만 쉴게."

속삭이고 그대로 잠시 눕는다. 그래도 아이들 옆에 있고 싶은 마음에 늘 거실 한구석에 누워 아이들을 바라보며 기운을 차리곤 했다. 코로나로 인해 마스크를 쓰고 수업하던 시기인데, 천식 환자들이 쓰는 산소 호흡 기구를 살까 생각했다. 말을 많이 하느라고 산소가 부족해서 심장이 아픈 게 아닐까 하고 말이다.

2022년 겨울, 하루는 새벽에 잠에서 깼는데, 고개를 들어 올릴 수가 없었다. 남편을 겨우 깨웠다. 경직되어 있는 나를 보고 놀란 남편이 성급히 날 일으키려 했다가 극심한 통증에 비명을 질렀다. 무언가 끊어지는 듯한 통증. 남편이 다시 조심스럽게 목 뒤로 손을 넣었다. 고개를 받치고 내 고개에 힘이 들어가지 않게 등까지 손으로 받쳐 겨우 날 일으켜 세워주었다. 고개를 까딱할 수도 없었고 조금도 힘을 줄 수가 없었다. 너무 무서웠다. 그 와중에 '오늘 수업 어떡하지' 하는 생각이 제일 먼저 들었다. 특강이 시작되는 방학 첫 주라 처음 만나는 친구들이 많았고 수업을 기대하고 있을 친구들의 실망할 얼굴을 떠올리니 앞이 캄캄했다. 결국 휴강 안내 문자를 보냈다. 수업을 시작하고 8년 만에 처음 한 휴강이었다. 며칠 고생을 했지만 다행스럽게도 서서히 나아졌다. 특별한 원인도 치료법도 없었다. 병원에서는 그저 물리치료 받고 일을 줄이라는 말뿐 해결해주지는 못했다.

모든 것이 내 책임이라고 생각했다. 자주 아픈 내 몸조차 내 탓인 것 같아 죄스러웠다. 아이가 감기에 걸려도 엄마가 아프셔도 다 내 탓 같았다. 다 잘해야 한다고 생각했다. 주변 사람들의 표정을 살피며 그 기대치에 맞추기 위해 살았다. 누구도 나에게 이런 삶을 강요하지 않았는데 늘 뛰어다녔고 조급했으며 긴장했다. 그러다 알 수 없는 고통이 찾아왔다. 상체를 움직일 수 없었던 날 이후로도 원인도 모른 채 온몸이 아프기 일쑤였고 한의원과 정형외과를 수십 군데 다녔지만 해결할 수 없었다. 뚜렷한 병명이 없었다. 목 디스크를 위해 물리치료도 받고 상체로 올라오는 열을 다스려야 한다고 해서 한약도 지어 먹어봤고 진액이 몸을 돌아다니다가 혈을 막는 것이라고 해 정수리와 손발에 침도 맞아봤지만 느껴지는 변화는 없었다.

원인은 나였다. 나를 잃어버리는 줄도 모르고 다른 사람, 세상의 기준에만 맞추고 있었다. 내가 나를 외로운 고통 속에 밀어 넣고 있었다는 걸 깨달았다.

'모든 걸 짊어지려 하지 마.' '틀려도 괜찮고 몰라도 괜찮고 아파도 괜찮아. 다 괜찮아.'

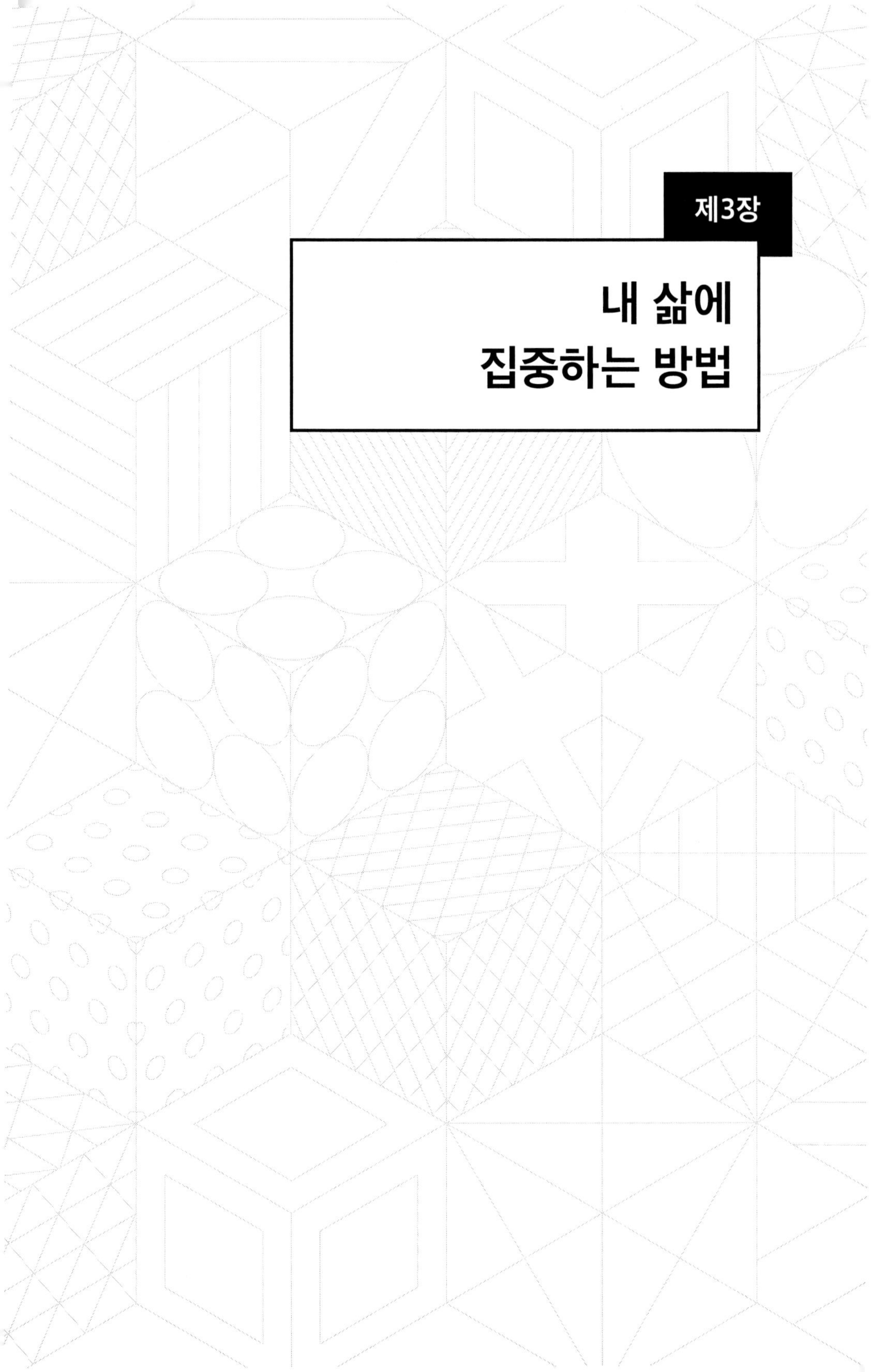

제3장

내 삶에 집중하는 방법

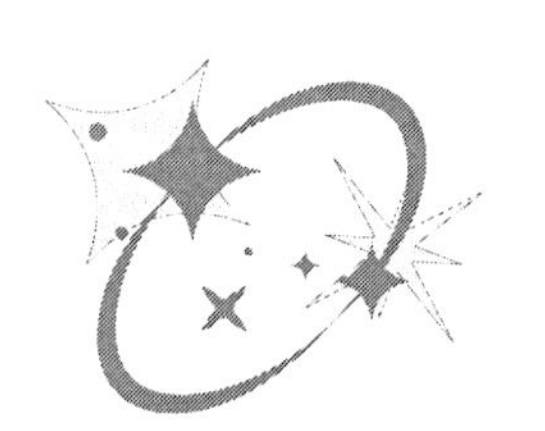

3-1	내 마음 들여다보기	강혜진

2021년. 시골 분교에 발령받았다. 전교생 스무 명이 되지 않는 작은 학교였다. 일주일에 하루, 인근 학교 영양 선생님이 순회 근무하러 오셨다. 영양 선생님은 내일모레 환갑이라는 나이가 무색할 정도로 젊고 생기가 넘치셨다. 외모만큼이나 내면도 젊고 건강한 사람이라는 걸 한눈에 알아봤다. 화끈하게 욕을 섞어가며 재미있는 이야기를 들려주실 때에는 멋지기까지 했다. 주변은 의식하지 않는 듯 자유로워 보였다. '어떻게 그렇게 매력적일 수가 있을까?' 그날부터 영양 선생님의 열성팬이 되기로 했다. 목요일마다 순회 근무를 오는 영양 선생님을 기다렸다가 함께 차도 마시고 속마음도 털어놓았다. 누구보다 잘 들어주시니 온갖 이야기를 다 쏟아냈다. 그런데 다 듣고 나면 늘 같은 질문을 하셨다.

"그때 강 선생 마음은 어땠어?"

왜 그렇게 마음에 대해 물어보는지 의아했다.

나는 화끈하게 욕을 해 본 적도, 깔끔하게 거절해 본 적도, 용기를 내어 싸울 각오를 해 본 적도 없었다. 남의 눈이 두려워서였다. 나와는 다른 선생님의 삶이 행복해 보였다. 자유롭고 멋있어 보인다고 말씀드렸다. 그랬더니 다 마음공부 덕분이라며 같이 공부해 보지 않겠냐고 하셨다. 일주일에 하루만 시간을 내면 된다고 했지만 아이들 좀 더 키워 놓고 나서 시간을 내 보겠다며 어렵게 거절했다. 주변 상황과 여건이 신경 쓰여서 '하고 싶은 일'을 뒤로 미뤄버렸다. 불가능한 이유를 백 가지도 넘게 찾으며 공부하고 싶은 마음을 외면하느라 2년이 훌쩍 흘렀다.

2023년 1월. 눈길을 끄는 제목의 영상 하나를 보았다. 하루 30분, '이것'만 따라 하면 누구나 성공할 수 있다는 제목이었다. 스티브 잡스, 마이클 조든, 오프라 윈프리. 이름만 들어도 알만한 유명 인사들이 즐기던 '이것'은 바로 명상이었다. 눈 감고 앉아 있다고 뭐 그리 큰 변화가 있을까 싶었다. 눈에 보이지 않는 것은 믿지 않는 성격이라 더욱 그랬다. 영상에서는 여러 논문을 비교해 가며 명상의 효과를 설명했다. 편도체의 활성화를 낮추고 전전두엽피질을 활성화해 절제력, 통제력을 높일 수 있다고 했다. 믿을만한 증거를 밝혀가며 설명하는 영상을 홀린 듯 메모까지 하며 열심히 들었다.

하루 30분인데 밑져야 본전이라는 생각으로 명상을 따라 하기 시작했다. 처음엔 쉽지 않았다. 30초도 앉아 있기 어려웠다. 그러다 점차 명상에 집중하는 시간이 길어졌다. 조용히 앉아 호흡에 의식을 모으다 보니 편안함이 느껴졌다. 나는 왜 그렇게 열심히 살면서도 만족스럽지 못했을까 하는 의문도, 내 마음이 어떤지 도무지 모르겠다는 깨달음도 있었다. 그러다 문득 나에게 묻던 영양 선생님의 질문이 떠올랐다.

"그때 강 선생 마음은 어땠어?"

명상을 하다 보니 영양 선생님께서 권해주신 마음공부 모임에 따라가 봐야겠다는 결심이 생겼다. 내 마음을 알 수 있지 않을까 하는 기대가 솟았다. 이번에는 남편 사정, 아이 사정 보지 말고 내 마음만 살피자는 마음으로 용기를 냈다. 남편에게 수요일마다 밤 열시까지 공부하다 오겠다고 했다. 아이들 잘 보라는 말까지 붙여 통보했다. 내가 꼭 하고 싶은 일이라고 하니 남편도 크게 반대하지 않는 눈치였다.

2023년 3월 8일, 마음공부 모임에 간 첫날. 열네 명이 둥글게 모여앉아 마음이 어떻게 작용하는지에 대해 공부했다. 마음의 원리를 적용해 보고 마음 일기를 쓰며 일주일을 보내고 다음 시간에 일기를 발표하며 함께 이야기를 나눈다고 했다. 도덕 시간에는 양보, 배려, 준법, 노력, 성실, 이타적인 삶에 대해 배웠는데 마음공부 모임에서는 달랐다. 인자하게 생긴 마음공부 스승님께서 쌍욕을 써가며 여러 사례를 소개해 주셨다. 금방 산속에서 내려온 도인 같은 모습의 스승님이 쌍스러운 단어를 사용해가며 설명해 주는 모습에 웃음이 터져 나와 참느라고 고생을 좀 했다. 마음공부를 하며 가장 놀라웠던 것은 세상에 나쁜 마음이란 존재하지 않는다는 것이었다. 슬픔, 질투, 짜증, 분노, 욕심… 우리가 보통 나쁘다고 생각하는 마음들도 사실은 나쁜 것이 아니라 자연스러운 것이라고 했다.

그동안 나는 마음을 좋은 것과 나쁜 것으로 구분하고 살았다. 갖고 싶은 물건이 생기면 고민하다 다음에 사자고 미루면서 친구나 가족을 위해 큰돈을 쓰는 것에는 머뭇거리지 않았다. 나를 위해 물건을 사는 것은 사치하는 나쁜 마음, 다른 사람을 위해 베푸는 것은 좋은 마음이라 여겼기 때문이다. 피곤하고 고단해도 내 몸 돌보지 않고 무리하게 일했다. 성실한 것은 좋은 마음, 게으름 부리는 것은 나쁜 마음이라 여겼기 때문이다. 누군가의 부탁을 받으면 거절하지 못해 쩔쩔매면서도 어떻게든 해결하려 노력했다. 남을 돕는 것은 좋은 마음, 나만 생각하고 배려하지 않는 것은 나쁜 마음이라 생각했기 때문이었다. 나에게 엄격한 잣대를 들이대며 가혹하게 대했다. 어쩜 그렇게 나쁜 마음을 가질 수 있냐며 나를 몰아세우고 내 마음을 애써 무시했다. 갖고 싶은 마음, 편히 쉬고 싶은 마음, 거절하고 싶은 마음을 꾹꾹 눌러 삼켰다. 그런데 나쁘다고 생각했던 마음들이 사실은 나쁜 것이 아니라 지극히 자연스러운 것이었다니…. 나쁜 생각이 떠오르기만 해도 혼자 비난하고 자책해왔던 나의 죄책감이 씻겨 내려가는 것 같았다.

'다른 사람들에게 사랑받고 싶어 전전긍긍 살았구나. 누구에게나 칭찬받고 인정받고 싶어 했구나. 정작 나는 나를 비난하며 안아주지 않으며 살고 있었구나. 남의 마음만 헤아리느라 내 마음은 헤아리지 못하고 살았구나. 참 바보같이 살았구나.'

그 이후로 마음의 평화가 깨어지는 상황이 오면 늘 멈추고 명상했다. 호흡을 가다듬으며 긴장을 풀고, 지금 나의 마음이 어떠한지에 집중하며 나를 다독여주었다.

"욕심부려도 돼. 좀 쉬어도 돼. 거절해도 돼."

주말을 보내고 일찍 출근하려던 어느 월요일 아침, 목이 아프다던 아들이 축 늘어져서 학교 갈 시간이 되어도 누워만 있었다. 이마는 뜨겁고 날숨에서는 열기가 뿜어져 나왔다. 체온계 숫자가 39에 가까웠다.

혼자 밥 한 끼 정도는 척척 차려 먹을 줄 알고 시간 맞춰 약도 챙겨 먹을 줄 아는 의젓한 아들이었다. 평소 같았으면 아이를 혼자 두고 식탁 위에 먹을 것과 약을 챙겨놓고 출근했을 것이 분명했다. 그런데 그날은 마음이 불편했다. 조용히 식탁 앞에 앉아 내 마음 들여다보기를 했다. 학교에 출근하지 않으면 교사로서 성실하지 않은 모습으로 비칠까 걱정이 앞선다. 그러나 오늘은 아들 곁을 지키고 싶은 마음이 더 크다. 명상을 하고 있자니, 그날은 어쩐 일인지 '해야 할 일'보다는 '하고 싶은 일'을 먼저 선택할 용기가 났다. 하루 연가를 쓰겠다고 학교에 전화했다. 아들 옆에서 이마를 짚어주고 약을 챙겨 먹이며 떳떳하게 엄마 노릇을 했다. 어쩔 수 없어서 연가를 쓴 것이 아니라 작정하고 연가를 썼다. 내 마음에 따라 행동했더니 후회도 원망도 없었다. 진작 이렇게 했어야 했는데, 그럼에도 너무 늦지 않아 다행이라는 생각이 들었다. 만약 그날 내가 그냥 출근했다면 어땠을까? 어렸을 적 바쁜 아빠에게 느꼈던 나의 섭섭한 마음을 아들도 비슷하게 느꼈을지 모를 일이었다.

하고 싶은 대로 해도 학교는 아무 탈 없이 잘 돌아갔다. 연가를 썼다고 누구 하나 손가락질하는 사람이 없었다. 학교 걱정 말고 아이 잘 보살피라는 동료들의 메시지가 계속해서 폰을 울렸다. 아들은 금방 열이 내렸고 편안한 모습으로 잠이 들었다.

남의 눈치만 살피던 내가 이제는 내 마음을 먼저 챙기며 산다. 남들이 하는 칭찬과 인정보다 내가 나에게 보내는 인정의 힘이 크다는 뻔한 말은, 내 마음 먼저 챙겨 본 덕에 값진 깨달음으로 다가왔다.

3-2 100km를 걷다

글빛혁수

정신이 든 것은 일주일이 지나서였다. 서울 중앙대 병원 병실이었다. 의사들은 내가 살지 못 살지, 반반이라 했다고 나중에 어머니에게서 들었다. 어떻게 된 거냐고 물으니, 택시가 자전거 타고 횡단보도를 건너는 나를 쳤다고 하셨다. 한 달 동안 누워서 지냈다. 그 후, 휠체어를 타다가 조금씩 좋아져 보행기에 의지해서 걸었다. 제대로 두 발로 걷기까지는 6개월이 걸렸다.

회사 상사에게서 전화가 왔다. 회식이 있으니 나오라는 말을 듣고 다 끓인 라면을 냄비째 그대로 두고 집을 나섰다. 배도 고프고 이미 퇴근했으니 쉬고 싶었지만 내 몸은 저절로 움직이고 있었다. 자전거를 타고 회식 장소로 갔다. 술도 별로 안 좋아했고 그다지 친한 사람들도 아니었지만, 불러 준 게 고마웠다. 나를 생각해서 전화까지 해주었는데, 안 간다고 하면 얼마나 무안하겠나. 그런 마음이었던 것 같다.

회식은 새벽으로 넘어가서야 끝났다. 집까지 자전거를 타고 달렸다. 자전거 타기는 내 유일한 운동이자 취미 생활이었기에, 한산한 새벽 도로를 신나게 달렸다. 마음 놓고 도로를 질주해 금방 집 앞 큰 사거리에 도착했다.

신호가 바뀌는 걸 못 기다리고, 빨간불인데도 횡단보도를 달렸다. 그러나 나는 그 짧은 횡단보도를 다 건너지 못했다.

2015년 8월 말, 여름이 아직 많이 남아있었다. 처음에는 어머니가 내 머리를 감겨주셨다. 더워서 자주 씻고 싶었지만, 제대로 일어서지도 못했다. 그러다 보행기를 놓고 스스로 샤워를 할 수 있게 되고부터 걷기 시작했다. 나 자신을 챙겨야겠다는 생각이 살면서 처음 들었던 거 같다. 그런 생각은 해본 적이 없었다. 아버지의 망나니짓으로 하루도 조용한 적 없는 날들을 지나면서 나는 자연스럽게 결혼을 하지 않기로 했다. 혼자 있어도 심심하지 않았다. 운동으로 자전거를 타고 술 한잔 하거나 영화를 본다. 전혀 아쉽지 않았다. 하지만 이렇게 사고를 당하고 생명이 꺼질 위험을 넘기고 나니 후회 없는 인생을 살고 싶어졌다. 가만히 앉아 적어본다. 나는 무엇 때문에 사는가. 하고 싶은 건 무엇인가. 도대체 어떻게 살고 싶은가. 첫째는 남을 돕는 삶을 살고 싶다. 병원 일을 택한 것도 그래서였다. 일할 때는 행복하다. 무언가 하고 있다는 느낌이 든다. 둘째는 내 미래의 인생이다. 내 몸이 건강해야 한다는 거다. 내일 죽더라도 오늘 웃으면서 하루를 보내고 싶다. 몸을 회복하고부터 나는 걷기 시작했다. 걸으면 생각이 정리되고 몸이 제자리를 찾아가는 느낌이 좋았다. 이 세상의 모든 사물이 눈에 들어오기 시작했다. 길가에 나부끼는 이파리 하나부터 불어오는 바람, 내리는 비, 들리는 새소리, 아이들의 떠드는 소리, 속삭이는 소리, 고양이가 우는 소리, 횡단보도에 서 있던 차가 서서히 출발하는 소리 등등… 움직이는 모든 게 새롭게 보였다. 그러다 어느 순간 무언의 경지에 빠진다. 아무 감정도 없고 아무 통증도 없다. 그저 걷는다. 문득 떠오르는 생각이 마치 숨은 그림 찾은 것처럼 반갑고 신선했다. 그런 경험이 매일 매 순간 이어졌다.

보행기 없이 1분도 걸을 수 없었다. 걷는 게 아니라 그냥 서 있었다. 서 있다가 어지러우면 누웠다. 한동안은 5분의 벽을 넘지 못했다. 횡단보도도 제시간에 못 건넜다. 빨간불이 되기 전에 반도 못 건넜다. 천천히 걷는 걸 보면 어느 정도 이해해 줄 줄 알았다. 그런데 아니었다. 가차 없이 클락션을 울려댔다. 도로 한가운데 서 있는 내게 차들이 빵빵거리는 게 그렇게 싫었다. 나 아픈 사람이라고! 소리치고 싶었다. 하지만 그러면 나 자신이 더 초라해질 것 같아, 그러지도 못했다. 억지로 10분이라도 걸으면 어디라도 찾아서 누워야 했다. 뒷골이 그렇게 무겁고 어지러울 수 없었다. 10분이고 30분이고 하염없이 누워있다가 다시 일어나 걸었다. 3개월은 그렇게 지냈다. 그러다 걷기대회가 있다는 걸 알았다. 그때는 천천히 걸으면 30분은 걸을 수 있었다. 드러눕고 싶은 것도 많이 좋아졌다. 어지럽지 않은 것만 해도 살 것 같았다.

조금씩 좋아지는 걸 느끼자, 무언가 도전해서 나를 시험해보고 싶어졌다. 어떤 강제성에 나를 맡기면 빨리 좋아질 수 있지 않을까 해서 걷기대회를 신청했다. 걷기대회는 5km, 10km부터, 20km, 30km, 50km가 있었다. 나는 무턱대고 20km를 신청했다. 같이 간 지인는 5km부터

하자고 했다. 처음부터 무리하면 더 안 좋아질 수 있다고 나를 극구 말렸다. 나는 '안되면 말고'를 외치며 고집을 부렸다. 일단 한번 해보고 싶었다. 내 한계를 알고 싶었다. 나는 정상이고 멀쩡한 대한민국 남자라고 말하고 싶었던 건지도 모른다. 주위에서 다 병자 취급하니 뭔가 보여주고 싶었던 건지도 모른다. 그냥 걷는 건데 뭐. 도저히 안 되면 뒤에 따라오는 구급차 타고 돌아오겠다고 하고 첫 걷기대회에 참가했다. 2016년 4월, 대한 걷기연맹에서 주최하는 강원도 원주 국제 걷기대회였다. 출발지는 원주 따뚜공연장 야외 소공연장. 사람이 많았다. 나중에 보니 참가인원만 323명이었다. 운동이라곤 자전거 타는 게 다였던 내게, 신기하고 설레는 경험이었다. 떼 지어 사람들 속에 묻혀 가니, 없던 기운도 나는 것 같았다. 신기하게 다리가 잘 움직였다. 나는 아픈 사람이야, 걷는 것도 힘들어, 하며 살다가 내 의지로 걷기대회에 참가하니 그 자체로 좋았다. 혼자가 아니라는 생각에 힘이 났다. 힘은 났지만, 몸은 금세 신호가 오기 시작했다. 10km 지점부터 골반이 어긋나는 느낌이 들면서 어디 앉을 데 없나만 보면서 걸었다. 20km를 5시간 안에 들어와야 한다. 무조건 따라간다는 마음으로 꾸역꾸역 걸었다. 당연히 시간 내에 못 들어갈 줄 알았는데, 10분 남기고 들어왔다! 나 자신이 그렇게 대견할 수 없었다. 그때부터 걷는 데에 빠지기 시작했다. 생각보다 훨씬 빠르게 좋아졌다. 나를 더 시험해 보고 싶어, 1년 후 2017년에는 100km 걷기대회에 도전했다. 24시간 동안 100km를 걸어야 하는 경기였다. 나는 동생들과 어머니만을 생각하며 살았지, 나만의 도전은 없는 삶이었다. 꼭 성공하고 싶었다. 첫 100km 도전은 50km까지로 만족해야 했다. 새벽 두 시, 다리가 움직이지 않아 포기할 수밖에 없었다. 골반과 무릎이 망치로 얻어맞은 것처럼 아팠다. 온몸이 녹슨 쇠처럼 삐걱거렸다. 중간인 50km 지점에 있는 셔틀버스를 타고 원주터미널로 갔다. 새벽이라 첫차를 기다리는 동안 목욕탕에 갔다. 거기서 말동무로 잠깐 같이 걸었던 남자를 만났다.

내 또래로 보이는 그 남자는

"이건 정말 말도 안 되는 대회네요. 보통 사람은 못 하겠네요. 진짜 전문적인 훈련을 한 사람들이나 하는 거지 일반인들은 못 하겠네요."

라고 말했다. 얼굴도 나처럼 진저리난다는 표정이었다. 내 몸도 상태가 상태인지라 그 말에 동의할 수밖에 없었다. 그때는 정말 다시는 걷기대회 안 한다고 나 자신에게 수없이 다짐했었다.

시간이 약이라고, 그렇게 이를 갈았었지만, 다시 도전했다. 걷는 것도 습관을 들여서 조금씩 시간을 늘려갔다. 2018년 4월, 100km 걷기대회 두 번째 도전을 했다. 24시간 동안 80km를 걸었다. 시간 초과로 실패하고 말았지만, 할 수 있겠다는 자신감을 얻었다.

2019년에는 춘천에서 대회가 열렸다. 나는 삼세판이라고, 이번은 느낌이 좋았다. 연습도 많이 했다. 실제로 100km를 걷지는 않았지만, 일주일에 서너 번, 20km, 30km 걷는 연습을 꾸준히 했다. 마침내, 성공했다. 쉽지는 않았다. 70km를 넘어가니 발이 저절로 질질 끌렸다. 끝나고 보니 신발 뒤축이 닳을 대로 닳아 있었다. 대회 때문에 새로 산 듬직한 워킹화였는데, 하루 신고 버렸다. 완보 시간을 보니 23시간 30

분이다. 뭐라 말하기가 힘들 정도로 가슴이 벅찼다. 완보 메달을 받고 인증 사진을 찍었다. 몸은 무겁고 다리는 움직이지 않았지만, 마음은 그렇게 가벼울 수 없었다. 신기했다. 마치, 새로 태어난 느낌이었다.

3-3 나로부터 비롯된 변화 글빛현주

슈퍼우먼이 되고 싶었다. 나를 보며 엄지를 치켜세우는 아이들, 멋진 엄마가 되고 싶었다. 꿈과 이상은 터무니없이 높았다. 한 발짝 떼지 않으면서 정상만 바라봤다. 행동하지 않았으니, 실패도 실수도 없었다. 모든 일을 완벽하게 해내야 한다는 강박이 아무것도 못 하게 했다. 일도, 사람을 만나는 것도 부담스러웠다. 바라는 건 많았지만, 과정은 싫었다. 결과만 바랐다. 도둑놈 심보였다.

심리 공부를 시작하면서 내가 보였다. 나에게 묻고 집중했다. 앞으로 어떻게 살고 싶은지, 정말 하는 싶은 게 무엇인지. 답을 찾기 시작했다. 나와 나누는 대화 덕분에 타인을 바라보는 시선도 변화했다. 다름을 인정하고 있는 그대로 받아들이는 것이 중요함을 알았다.

한 번에 바뀔 수는 없다. 누군가 했다면 나도 할 수 있다는 마음, 자신감이 생겼다. 아주 작은 변화의 힘, 나에겐 나비의 날갯짓이 필요했다. 손에 잡히는 대로 책을 읽었다. 삶에 집중할 수 있는 다양한 방법들, 무작정 따라 했다. 그중 나에게 잘 맞는 방법 '나다움 찾기'라고 이름을 붙이고 반복했다. 지금에 집중할 수 있었다. 그중 나를 변하게 만들었던 방법 세 가지를 소개한다.

첫째, 긍정의 말로 하루를 시작했다. '나는 모든 면에서 매일매일 좋아지고 있다.'

"아휴! 피곤해. 왜 잠을 자도 피곤하냐. 다 귀찮다." 아침에 눈을 뜨면 부정적인 말을 습관처럼 했다. 시작도 전에 힘이 빠졌다. 점점 내가 말한 그대로 됐다. 무슨 일을 해도 흥이 나지 않았다.

한 번 몸에 밴 나쁜 습관은 고치기 힘들었다. 어떻게 하면 좋을까. 그때 우연히 본 짧은 동영상. 더러운 물이 가득 담겨 있는 컵에 수도꼭지에서 나오는 깨끗한 물을 계속 틀어 붓고 있었다. 가득 차 있었던 더러운 물은 조금씩 없어지고 점점 깨끗한 물이 컵을 채우는 영상. '아, 이거다!'

더러운 물, 부정적인 습관에 집중하며 어떻게든 없애려 애썼다. 그럴수록 지치고 힘들어 그만두기를 반복했다. 영상처럼 좋은 습관을 꾸준히 반복하면 되는 거다. 좋은 습관을 만든다면 나쁜 습관은 자연히 없어지겠구나. 나에게 꼭 맞는 답이었다.

매일 아침, 내뱉는 부정적인 말 습관을 고치기로 했다. 좋은 말, 긍정의 말을 매일 반복하면 된다. SNS에서 긍정 확언을 찾았다. 마음에 드는 문장을 지워지지 않는 두꺼운 매직으로 화장실 거울에 큼지막하게 썼다. 눈에 확 띄도록. 큰 소리로 읽고 싶었지만 부끄러웠다. 처음엔 작은 소리로 웅얼거렸다. 읽을 때마다 기분이 좋았다. 확언처럼 날마다 모든 면에서 조금씩 나아지고 있다는 느낌. 미소와 함께 하루를 시작할 수 있었다.

둘째, 3년, 5년 장기 목표를 세웠다. 이루고 싶은 목표 세분화했다. 돈, 공부, 책 쓰기, 강의, 건강, 가족 등. 쪼개고 나누었다. 쓰다 보니 모든 목표가 서로 연결되어 있었다. 계획대로 하려면 현재 나의 상황을 정확하게 인지하고 인정하는 것도 중요했다. 그래야 당장 무엇을 해야 할지 정할 수 있을 것 같았다. A4용지를 꺼내 마인드맵도 그리고 만다라트도 했다. 영역별로 표시한 후 한눈에 보이는 탁상용 다이어리에 붙였다. 틈나면 목표를 이룬 내 모습을 상상했다. 눈앞에 영화가 상영되듯 성공한 내 모습을 생생하게 떠올리는 것. 가슴이 벅찼다.

계획을 지키지 못하게 될까, 걱정했다. 그때마다 '계획은 수정할 수 있는 거야. 급한 일이 생기면 변경될 수도 있지. 다시 하면 돼.' 지지와 격려의 말을 했다. 조급해하는 마음을 다독였다.

중간 점검도 했다. 작지만 목표를 달성했을 땐 칭찬을 아끼지 않았다. 즉각적인 보상으로 커피 한 잔, 분위기 좋은 곳에서 밥도 먹었다. 꾸준히 한다는 것 뿌듯했다. 이런 습관은 새로운 일에 도전할 수 있는 용기도 주었다. 상황에 유연하게 대처할 수 있는 여유도 생기고 두려움과 걱정도 줄어들게 했다. 아이들에게 했던 말을 나에게 했다.

"괜찮아! 다시 하면 돼. 포기하지 않고 계속하면 실패가 아니야."

셋째, 타인과의 적당한 거리, 건강한 관계를 유지하려 노력했다.

다양한 사람들을 만났다. 조금 변했나 싶으면 제자리로 돌아가려는 습성이 보였다. 바뀐다는 것, 쉽지 않았다. 상처받았던 비슷한 상황, 아빠와 언행이 닮은 성향의 사람을 만나면 자신감 없고 인정욕구 가득했던 어린 시절의 나로 돌아가려 했다. 다행스러운 건 그런 마음을 알아챘다는 것이었다. 잠시 멈추고 숨을 돌렸다. 섣불리 말하거나 급하게 행동하지 않으려 했다. 상대방의 말에 경청하고 내 의견을 말했다. 감정에 치우쳐 관계를 망칠 수도 있으니 적절한 거리 유지와 변함없는 태도가 중요하다고 느꼈다.

나무와 나무의 간격처럼 사람과 사람 사이에도 건강한 거리가 있다고 생각한다. 서로 존중하고 배려할 수 있는 거리. 너무 가깝지 않고 멀지도 않은 나를 지키는 거리. 성장과 배움에 많은 도움이 되었다. 더불어 가족 간의 거리도 중요하다는 것, 깨달았다.

알고 있다고 해도 행동으로 옮기는 건 쉽지 않다. 행동한다고 해도 습관으로 자리 잡으려면 끊임없는 노력이 필요하다. 습관에 따라, 사람에 따라 차이가 있을 터다. 꾸준히 한다는 게 얼마나 어려운 일인지 알고 있다. 그럼에도 좋은 습관을 만들기 위해 노력하고 또 노력한다.

위의 세 가지 방법, 긍정 확언, 목표 설정, 적당한 거리 유지. 바로 보이는 곳에 적어두었다. 핸드폰 알람을 맞추고 꾸준히 실천한다. 덕분에 오늘, 지금에 집중하는 시간이 늘어났다.

어제는 지나갔고, 내일은 오지 않았다. 불안과 두려움으로 지금을 망칠 수 있다는 것. 모든 건 내 선택이 만들어 낸 결과였다. 좋은 습관을 반복할수록 보람차게 오늘을 보낼 수 있었다. 지금, 이 자리에서 내가 할 일을 해내는 것. 목표로 향하는 지름길이 되었다.

3-4 삶의 중심이 느껴지는 사람들

김나라

2024년 2월, 아이 졸업식 꽃다발을 사러 갔다. 최근 눈여겨보았던 꽃집이다. 사장님은 가게 앞에 놓인 화분 갈이를 하고 있었다. 흙 묻은 손을 털며 화원으로 들어왔다. 겨우내 밖에 있던 식물들이 불쌍해 집을 옮겨주고 있었다는 말이 인상 깊었다. 꽃다발 만들기 위해 냉장고를 열었다. 분홍 장미 한 송이를 중심에 두고, 그 주변으로 크고 작은 꽃들을 배치한다. 제 자리를 찾은 다발꽃을 한 손에 쥐어 테이블로 가져오셨다. 포장해 주는 동안 자연스레 가게 안을 둘러보았다. 벽 곳곳에는 식물화가 걸려 있다. 선반에는 아기자기한 소품들도 올려져 있었다. 안쪽 벽면에는 검정 피아노가 놓여 있다. 예술 분야를 좋아하시는 듯했다. 사장님은 꽃에서 눈을 떼지 않았다. 자연스레 이야기도 나눴다. 색감이 정말 예쁘지 않냐는 말에 사장님을 닮은 것 같다고 대답했다. 분명 고운 얼굴 때문만은 아니었다. 다발을 바라보는 얼굴이 편안하고 행복해 보였다. 꽃 머리가 손에 닿지 않게 조심스레 집는다. 포장하는 손길 하나하나 정성이었다. 포장은 비닐이 아닌 천으로 만들어진 부직포로라고 했다. 그마저도 최대한 적게 사용하지만, 포장이 예뻐야 하니 색감 상 하나 더 챙겨 넣은 거다. 재료를 선택하는 과정도 이유가 있었다. 화장지 대신 손수건을 사용하기도 했다. 자연을 생각하는 세

심함이 묻어났다. 가게에 머문 시간 짧았다. 식물과 자연을 사랑하는 분이라는 게 느껴졌다. 벽면에 걸려 있는 그림도 직접 그린 거라 말씀해 주셨다.

"내가 좋아하는 일 하느라고 이렇게 시간을 써요. 그림도 그리고 좋은 배움도 나누고, 돈보다도 꽃 만지면서 사는 게 너무 좋더라고요."

꽃다발이 완성됐다. 정성스러운 손길이 닿아 더 예뻐 보였다. 결제하는 동안 테이블 한쪽에 자리한 명함 한 장 집어 나왔다. 당장 꽃 살 일은 없었다. 하지만 필요할 일 생기면 이곳에서 사야겠다는 마음이 들었다. 졸업식에 더 가치 있는 꽃을 선물할 수 있어 좋았다.

꽃집을 나와 아이 유치원으로 향했다. 차를 타고 이동하는 길, 자주 가던 동네 카페 두 곳이 떠올랐다. 그중 한 곳은 아이가 3살 무렵 동네로 이사 올 때쯤 처음 찾았던 카페다. 멀리서 보아도 진한 녹색 건물과 간판에 식물 그림이 눈에 띈다. 카페를 들어가는 입구에는 크고 작은 화분들이 놓여 있다. 매장 곳곳에는 아크릴 액자 안에 멋스러운 예술 작품들이 걸려 있다. 테이블 화병 안에는 수수하면서도 화려한 꽃들이 자리한다. 사장님께서는 한 번씩 아침 꽃 시장에 다녀온다고 하셨다. 계절마다 다른 분위기를 느낄 수 있는 이유였다. 완성된 음료는 카페서 직접 키우는 허브 잎이 올려져 나온다. 빵 접시 위 꽃봉오리 장식도 눈을 화사하게 만들었다. 손으로 비비면 상큼한 레몬 향이 나는 애플민트 잎도 있었다. 만지작거렸다. 작은 꽃봉오리를 가까이 두고 감상하는 게 익숙했다. 아이도 고사리 같은 손으로 들어 향기를 맡았다. 사장님은 귀여워하며 바라봐 주셨다. 집으로 가는 길, 빈 종이컵 안에 물을 담아 꽃 한 송이를 딸에게 선물해 주시는 마음에 감사했다. 아이는 여전히 이 근처를 지날 때마다 카페를 들르고 싶어 한다.

나머지 한 곳은 우리 동네 제로웨이스트를 실천하는 카페다. 제로웨이스트란 1회용품 사용을 거의 하지 않는다는 뜻이다. 예를 들어, 일회용 비닐 대신 장바구니를 사용한다. 포장 시 플라스틱 쓰지 않고, 다회용 반찬 용기에 담는다. 이 카페는 '텀블러 버스'라는 제도가 있다. 쓰지 않는 텀블러를 기증받는다. 받아 놓은 텀블러는 깨끗이 씻어 포장 손님 용기로 쓰인다. 조건 없이 빌려줄 수 있고, 기한 없이 다시 찾는 때에 수거 받는다. 가끔 입지 않는 옷을 물물 교환하는 나눔 장터도 연다. 플라스틱 뚜껑처럼 재활용이 가능한 분리배출 방법을 SNS에 알리기도 한다. 재활용되는 병뚜껑, 다회용 용기 등을 모아 온 손님들에게는 일정의 포인트도 지급한다. 카페 안에서 진행되는 각종 프로그램에 참여할 수 있는 기회로 쓸 수 있다. 카페 내부에는 제로웨이스트 제품들이 매대에 올려져 있다. 나무가 아닌 코끼리 똥으로 만든 공책, 목재로 만든 컵, 멸종 위기 동물이 그려진 캐릭터 엽서, 천으로 만든 인형 등 모두 친환경 자재로 만들어진 물품이다. 테이블 위에는 환경에 관한 도서들이 배치되어 있다. 이곳에서 파는 음료와 디저트까지 비건으로 만들어 판매한다. 벽면에는 카페에서 생활하는 고양이 사진도 있다. 그 옆에는 새 주인을 찾는 유기견 포스터도 함께 한다. 동물을 사랑하며 지구환경을 지키는 일을 이어가는 카페다. 지속 할 수 있는 자연과의 상생을 알린다. 실천하는 젊은 부부 사장님의 선한 영향력이 존경스러웠다. 선순환에 앞장서는 마음과 행동, 쉽지 않기에 더 멋지게 느껴졌다.

꽃집에 이어 카페 두 곳이 연이어 왜 떠올랐을까? '좋은 사람들'이었다. 나에게만 좋은 사람들이 아니라 그곳에 머무는 이들에게 선함을 베푸는 분들이었다. 공통점이 무엇일지 생각했다. 첫째, 내가 살아가는 삶의 방향과 중심이 뚜렷해 보였다. 오래 머물지 않아도 그 장소만의 색깔이 분명했다. 단순히 넓고, 인테리어가 멋진 장소로 기억 남는 곳이 아니라 사람이 느껴지는 공간이었다. 둘째, 무언가를 끊임없이 배우고, 내가 추구하는 일에 정성을 다하는 모습이었다. 내가 좋아하는 일이 누군가에게도 기쁨이 될 수 있다는 마음이 전해졌다. 셋째, 자연과 닮았다. 자연스러웠다. 그 일이 생활이자 행복으로 보였다. 자연처럼 있는 그대로 '나다움'이었다. 밝은 마음은 말에서 묻어나기도 하지만, 얼굴에서 먼저 드러났다. 꽃다발을 바라보는 온화한 표정, 아름다움을 공유하는 공간, 함께하는 가치를 즐기는 사람들이다. 존경하는 친구의 말도 떠올랐다. '나를 가장 잘 아는 사람은 나라고 생각하며, 내가 믿는 걸 의심치 않는다'라고 했다. 오늘 떠올린 이들 모두가 가진 마음이 아닐지 하는 생각이 들었다.

삶의 중심이 있는 사람들에게는 '나다움'이 느껴졌다. 오래 보지 않아도 그 일을 사랑하는 마음이 전해졌다. 나 또한 좋아하는 일이 누군가에게 도움 닿기 위해 노력한다. 꾸준히 더 나은 방향을 찾고, 채우고, 행복해하며 성장한다. 사랑하는 마음이 느껴지는 밝은 얼굴은 누군가에게 행복도 풍겨낼 수 있다. 오늘도 내 가치가 묻어나도록 나에게 집중하며 하루를 보낸다.

3-5 다른 사람은 나를 평가할 수 없다 백란현

다른 사람은 나를 평가할 수 없다. 다른 사람의 평가에 마음을 쓰게 되면 눈치 보인다. 내 생각대로 행동하기 어렵게 되고 기대에 어울리는 사람이 되고자 에너지를 쓰게 된다.

다른 사람 눈치 보며 살았던 시절이 있었다. 나를 제대로 알지 못하면서 함부로 말하는 사람들 때문에 상처받았다.

교사로 생활하면서 학구에 살고 있다. 동네에서 남 시선 의식하며 살았다. 2007년부터 지금까지 같은 동네에서 살고 있으니 20년 가까이 된다. 세 살 된 희수랑 아파트 놀이터라도 가게 되면 주민들이 학교 선생님이라고 말을 먼저 걸어준다. 우리 반이 아닌 이상 옆 반 아이들이나 같은 학교 학부모 얼굴을 기억할 수 없기에, 저 사람 우리 학교 선생님이란 소리에 놀이터를 빠져나오는 일이 종종 있었다. 다른 사람이 모두 나만 쳐다보는 것 같았다. 감염병도 유행하지 않았지만 희수랑 단둘이 있을 땐 외출을 하지 않았다.

걸어서 마트에 간다. 우리 반이었던 학생이나 학부모가 나를 불렀다. 인사하느라 십분 이상 시간이 소요되었다. 시간이 지체된다. 공휴일 둘째 옷을 사기 위해 아동복 매장을 방문한 적 있었다. 우리 반 학생의 엄마를 만났다. 다음에 이야기 나누자고 말하면 되는 거였는데 학부모 상담이 시작되었다. 둘째 희진이는 내 옆에서 기다리는 상황이 벌어졌다.

2015년 입학식 하는 날. 엄마들끼리 "저 선생님은 밴드를 운영하는 사람"이라고 대화 주고받는 소리를 들었다. 2014년 밴드에 학급의 사진을 올렸었다. 댓글을 통해 학부모와 소통하는 장점도 있지만 퇴근 후에도 시간이 많이 소요되었다. 다음엔 밴드 운영을 안 해야지 생각했는데 안면이 없는 학부모의 말 한마디 때문에 1년 더 밴드 운영을 한 적 있었다. 다른 사람의 평가에 나의 계획을 변경하게 되었다.

블로그에 댓글이 달렸다. 학급에서 일어난 일을 잘 아는 사람인 것 같았다. 학생을 상담교사와 대화하게 해주고 싶었던 내 생각과는 달리 자녀를 정신적으로 문제 있는 학생으로 생각한다고 오해한 상황이 벌어졌다. 아이는 집에 가자마자 내가 하지도 않은 말을 가족에게 전했다.

"나는 필요 없는 사람이야? 우리 선생님이 그렇게 말했어."

그런 말 한 적 없다고 하고 통화는 끝이 났다. 그리고 블로그에 댓글이 달린 것이다. 댓글의 일부분은 아래와 같다.

"작가님이 상담받으라고 소리쳤던 그 아이는, 의사 선생님이 지극히 정상이라고 합니다. 상담은 작가님이 필요한 것 아닐까요?"

블로그 닉네임에 작가라고 쓰인 것을 확인하고 부르는 호칭이었다. 댓글 알람이 뜨는 순간 주변이 멈춘 느낌이었다. 댓글을 캡처한 후 누가 볼까 봐 댓글을 삭제했다. 누가 썼을지 짐작만 할 뿐이었다. 17년 교직생활 전체를 나쁜 교사로 평가받는 것 같았다. 왜 유명한 사람이 하루아침에 삶을 등지는지 조금 이해가 되기도 했다. 가만히 있고 싶지 않았다. 경찰서 사이버 수사대에 명예훼손과 모욕으로 신고했다.

경찰서 형사 앞에 앉았다. 신분증을 보여준 후 댓글에 관하여 이야기했다. 누구인지 찾은 후 경찰서에서 연락이 간다는 걸 알려주고 싶었다.

"이거 처벌 못 해요. 특정성, 전파성이 중요한데 특정성은 선생님일 테고 전파성이 조건에 맞지 않아요. 선생님이 너무 빨리 댓글을 삭제하셨네요. 명예훼손은 형량 7년이에요. 그래서 엄격하게 접수해요. 댓글이야 누구겠어요? 선생님이 말씀하신 엄마겠지요."

경찰서 다녀온 일은 헛수고로 끝났다. 멘토에게 전화했다. 풀리지 않는 분을 누군가에게 하소연하고 싶었나 보다. 멘토는 한 마디로 나에게 말했다.

"똥통에서 나오세요. 17년 교직을 왜 댓글 쓴 사람에게 평가받으려고 하세요?"

"부모랑 철저히 거리를 두고 아이만 챙기세요. 가장 힘든 사람은 아이입니다."

아이를 위해 조언을 한다는 것이 경찰서에 다녀오는 일까지 벌어졌다. 다른 사람은 나를 평가할 수 없다는 점을 배웠지만, 학생을 다음 학년으로 올려보내는 날까지 매일 아침 다짐하면서 출근했다. 아이만 챙기자고.

문자가 들어왔다. 나를 교육청에 신고하겠다고 한다. 학부모 공개수업 일정을 하루 전에 말해서 남매 둘 수업을 동시에 챙길 수 없게 되었다고 했다. 안내장을 미리 올려놓았다고 해도 안내장 말고 알림장 기록은 하루 전이었다고 알림장 캡처 사진까지 내게 전송해왔다. 답 문자를 보내지 않았다. 학생 어머니는 남편이 교육청에 있다는 말도 덧붙였다.

나를 가장 잘 아는 사람은 나인데, 상대방이 나를 함부로 평가했다. 여기에 내가 동요하면 평가 권한을 준 것이나 다름없다는 멘토의 조언으로 인하여 학부모 문자 사건(?)도 무사히 넘겼다.

우리 반과 옆 반 학생 사이에 주먹다짐이 벌어졌다. 우리 반에 들어와 학생을 때리고 간 옆 반 학생을 불렀다. 우리 반 교실에 허락 없이 들어왔다며 혼을 냈다. 다음날 학생 아버지는 학년부장인 나에게 아동학대로 신고하겠다고 말했다. 그렇게 알고 있겠다고 했더니 상대 목소리는 더 커졌다. 담임 선생님이 진정하라는 말에 목소리도 가라앉는 듯했다.

다른 사람에게 평가 권한을 주지 않겠다는 마음을 먹은 이후 벌어진 일들에 대해 마음은 유쾌하지 않았지만, 상대의 말에 의미를 두지는 않았다.

당당해지기로 했다. 다른 사람의 평가에 휘둘리지 않기로 했다. 기분 좋은 평가도, 그렇지 않은 평가도 덤덤히 듣고 넘어가려고 한다. 놀이터에 딸을 데리고 다니지 못했던 시절도 지났다. 한두 명의 학부모

말에 상처받은 적 있었지만, 지금은 달라졌다. 가장 큰 이유는 내 삶에 집중하는 시간이 소중하기 때문이다. 다른 사람은 내가 아니다.

나 또한 다른 사람을 대할 때 함부로 말하지 말아야 한다. 평가 권한을 여전히 남에게 주고 힘들어하는 이웃이 있을 수도 있으니 말이다.

지금, 내 삶은 당당하며 단단하다. 내게 집중한 결과다.

3-6 나에게 집중하기 소유

어느 날부터 다이어리에 내가 좋아하는 것이 무엇인지 적어보기 시작했다. 자주 깜빡하는 성격이라 적지 않으면 금방 잊어버리곤 했다. 그러다 보니 자연스럽게 내가 좋아하는 것, 하고 싶은 것들을 적었다. 별거 아닌 것도 있었다. 마트 가서 장보기 등등. 그렇지만 그날 할 일을 하고 나면 성취감도 있고, 하루를 그냥 낭비하지 않은 것 같아 뿌듯했다. 그러다가 활동이 늘어나고 적을 것도 많아져서 메모지에 적던 것을 스마트폰에 입력했다. 바쁘게 일하며 지내고 있다가 무심코 지난 메모들을 보며 한두 가지 정도를 제외하고 거의 해내고 있다는 것을 발견했다. '뭐지? 내가 이런 것들을 다 했다고?' 나도 모르게 아주 자연스럽게 나에게 집중하고 있었다.

처음에는 작은 메모들이었지만, 점점 범위가 넓어지고, 작은 것부터 큰 것까지 목표가 이루어지면서 자존감이 높아지고 있었다.

가족은 엉뚱한 데 시간과 돈을 투자한다며 나에게 불만인 듯 말했다.

"그 나이에 공부해서 뭐 하려고 하니? 그 돈 모아서 집이나 사지."

"누나, 무슨 자격증을 그렇게 많이 따? 꼭 필요한 거 하나만 있으면 되는 거 아니야? 쓸데없는 데 뭐 하러 투자해?"

이러한 가족의 반응은 나에게 영향을 주지 못했다.

사소한 다툼으로 10년 정도 연락을 끊고 지냈던 친구가 있었는데 어느 날 갑자기 연락이 왔다. 핸드폰에 저장된 이름이 보이는 순간 예전 감정은 사라지고 반가운 마음에 얼른 전화를 받았다. 거의 붙어 다니며 친하게 지냈었기에 금세 전처럼 가까워졌다. 서로 안부를 물어보며 이야기를 나눠보니 10년 동안 나에게는 너무 많은 변화가 있었는데 그 친구에게는 큰 변화가 없었다. 10년 전과 같은 곳에 살고 있고, 같은 장소에서 같은 일을 하고 있었다. 그게 나쁘다는 것은 아니다. 다만, 그 친구도 뭔가 변화를 원하고 있지만 그게 무엇인지 모르고 있는 것 같았다. 같이 어울려 다니던 때를 떠올렸을 때, 그 친구는 항상 변화하고 성장하고 있었고, 나는 방황하느라 제자리에서 빙빙 돌고 있었다. 친구에게 맞춰주고, 들어주고, 내 뜻과 상관없이 동의하고, 친구 의견을 따랐다. 나는 내가 원하는 것이 뭔지도 몰랐고, 나라는 사람을 표현하지도 못했다. 그런데 지금은 친구가 나에게 자문하고 내 말에 집중한다.

"공부는 어떻게 시작했어?"

"좋은 사람을 어떻게 만나게 됐어?"

"혼자 하기 힘들지는 않았어?"

"동기가 뭐였어?"

매일 전화해서 한 가지씩 물어본다. 그리고 얼마 되지 않아 친구는 바로 공부를 시작했다. 너무 새롭고 즐겁단다. 장거리를 왕복하며 열심히 하고 있다. 내가 우연히 학업을 시작했던 그때처럼 내가 우연한 계기가 되어준 것 같다. 예전에는 사람들에게 맞추기만 하고 줏대 없던 내가, 그동안 잘 지내왔고, 성장했고, 변화했다는 것을 느낄 수 있었다.

내가 방황하던 시절에는 가족이 명절날 모이기만 하면 다투고 서로의 약점을 건드리며 분노하고 경멸했었다. 지금은 안정을 찾은 나의 의견을 따라주고, 내 결정을 기다려 준다. 나를 지지해 주고 응원해 준다. 가정에 평화와 안정이 찾아왔다.

지금도 자주 과거의 나로 돌아갈 때가 있다. 그럴 때면 정신적으로 피곤해지고 힘이 든다. 그때마다 일기를 적는다. 길지는 않지만, 그때의 상황과 그때 내가 느끼는 감정들을 기록한다. 기록하지 않으면 정확히 상황이 기억나지 않고 머릿속에서 돌아다니다가 무의식으로 사라져 버리는 것 같다. 기록해 두면 언젠가 읽게 되고 그때를 떠올려 보며, 지금은 무엇이 달라졌는지 알 수 있다. 그리고 무엇보다 기억이 왜곡될 가능성이 적다는 것이 중요하다. 나는 어린 나이에 감당할 수 없는 책임감 때문에 꿈을 포기했었다. 목표가 없어지면서 될 대로 되라는 식으로 인생도 포기했었다. 자신을 스스로 포기한다면 누가 나를 지지해 주고 응원해 주겠는가? 남들의 뜻에 따라 휘둘릴 뿐이다. 그것은 행복과는 거리가 먼 삶이었다.

오늘도 나에게 집중하기 위해 버킷리스트를 작성한다. 오늘 해야 할 일, 이번 주에 할 일, 이번 달, 올해 해야 할 일들을 적는다. 별거 없지만, 이정표 같다는 생각이 든다. 내가 가야 할 방향으로 갈 수 있도록 이정표를 만드는 것. 그리고 자주 기록하는 것. 내가 뭘 했는지 뭘 느꼈는지 기록하는 것. 재미있기도 하다.

대학교 축제에서 노래 경연에 참여도 했고, 초등학교, 중학교, 고등학교에서 강의도 해봤다. 대학교 인터넷 강의 동영상 촬영도 해봤다. 내가 지지하는 정당에 가입해서 활동도 열심히 해봤다. 기회가 되어 기자로도 활동해 봤다. 한국무용으로 다양한 무대에도 서봤고, 수상도 했다. 한국무용으로 대통령상을 받고 싶다는 야무진 목표를 가져보기도 했다. 심리상담사로서 필요한 자격증도 취득했고, 지금도 취득을 준비 중인 자격증이 있다. 다수의 공공기관에서 심리상담사, 심리치료사로 활동했다. 대학원에서 과 대표 활동도 해봤고, 가정을 다시 갖는다는 것을 포기했었지만, 지금은 재혼해서 잘살고 있다.

이 모든 일들은 나에게 집중하기 위한 내 작은 시작이 만들어 낸 '기적'이라고 표현하고 싶다.

3-7 꿈 그리고 행복한 일상 송기홍

재수 삼수를 거쳐 신학대학에 입학했다. 그 후 신학대학원도 졸업하고 목사가 되었다. 목사로 교회를 섬기던 중 좀 더 공부하고 싶은 욕심이 생겼다. 그래서 다시 대학에 들어갔다. 37세의 적지 않은 나이에 대학 1학년으로 다시 입학하여 법학, 행정학을 복수 전공했다. 다행인 것은 공부하고 싶어 하는 나를 아내는 이해해 주었고, 적극적으로 지지해 주었다. 그리고 얼마 후 또 대학원에 입학했다. 이번에는 상담심리대학원이었다. 거기서 중독상담심리학을 전공했다. 그리고 지금은 교회 일과 상담하는 일을 병행하고 있다.

어린 시절에 우리 집은 너무 가난해서 대학은 꿈도 꿀 수 없었다. 그런데 지금은 내가 대학원도 졸업했다. 대학을 졸업한 것은 자랑거리일 수는 없다. 그러나 어린 시절 가난한 집에서 자라면서 대학 공부를 위해 남의 집에 보내질 뻔했던 적이 있었다. 그런 내게는 대학은 또 다른 특별한 의미가 있다. 언제나 남의 눈치를 보며 살았는데, 하고 싶었던 공부를 하고 나니 자신감도 생겼다. 남의 눈치나 살피며 소극적으로 살던 내가 다른 사람에게 도움을 주는 삶을 살게 된 것이다.

3년 전의 일이다. 지금 소속되어 있는 상담센터의 사례로 내담자(김종선, 가명, 40대)를 만났다. 그는 어린 시절에 아버지에게 받은 상처가 남아 있었다. 그는 상처를 해결하지 못하고 그 상처 때문에 30대 중반부터 10년 정도 인터넷과 스마트폰 게임을 하며 은둔형으로 살고 있었다. 당시 70대였던 어머니의 신청으로 상담은 시작되었다. 종선씨는 처음부터 상담을 완강히 거부했다. 상담을 거부하며 방에서 나오지 않았다. 엄마가 신청했으니 엄마가 상담받으라는 것이다. 엄마의 노력으로 종선씨는 2회차까지는 겨우겨우 상담에 응했다. 그러나 종선씨는 3회차부터 상담을 더욱 거부했다. 상담을 약속하고 1시간 정도 운전하고 내담자의 집에 가서 초인종을 눌렀는데, 안에서는 대답이 없었다. 다음 주에도 또 그랬다. 그래서 조기 종결될 뻔했던 사례였다. 그러나 상담은 다시 이어지고 주 1회씩 6개월 정도 만나 상담했다. 종선씨는 아직도 아버지를 증오하고 있었다. 공무원이었던 아버지는 완벽주의자였다고 한다. 그는 그런 아버지의 폭언과 강요 때문에 상처가 많았다. 아버지는 이미 돌아가셨지만, 상처는 고스란히 남아 있었고, 아직도 용서할 수 없다고 했다. 두 살 아래 동생은 결혼해서 아이들 낳고 행복한 가정을 이루고 사는데, 종선씨는 자기가 결혼하지 않은 것도, 은둔형으로 살게 된 것도 모두 아버지 때문이라고 아버지만 탓하고 있었다. 상담 중에 그의 고민을 함께 나누고 꿈을 꾸게 했다. 내일배움카드를 발급받아 국비로 자격증 취득할 수 있는 길을 알아보았다. 은둔형에서 밖에 나오기를 연습했다. 그리고 지금은 그가 꿈꾸던 대로 직장에 잘 다니고 있다. 상담사로서 보람이고 감사한 일이다.

이런 사례도 있었다. 대전시에 있는 어느 상담센터에서 청소년 동반자로 위기 청소년들을 만나 상담할 때였다. 그때 만났던 내담자(장영준,

가명, 19세)는 중학교 3학년 다니다가 학업이 중단된 상태였다. 엄마와 둘이 살던 영준이 역시 은둔형이었다. 청소년 동반자 상담은 가정방문이 원칙이기도 했지만, 영준이는 은둔형이었으므로 가정방문 상담으로 진행해야 했다. 영준이를 처음 만났을 때 생각보다 체격이 컸다. 방안 가득 구석마다 물건들이 쌓여 있고, 바닥에도 여러 가지 물건들이 널브러져 있었다. 대낮인데도 내가 밖에서 들어가서 그런지 방안은 굴속같이 어둡게 느껴졌다. 영준이는 침대에 앉은 채 노트북을 하다가 말없이 눈동자만 멀뚱멀뚱 날 바라보았다. 그 방에는 침대 외에는 마땅히 앉을 곳도 없었다. 한동안 서서 얘기하다가 영준이에게 양해를 구하고 엉거주춤 침대에 걸터앉았다. 이불은 언제 세탁했는지 탈색되어 아주 오래된 느낌이었다. 영준이의 체격은 나보다 훨씬 컸다. 난 체중이 75kg이었는데, 영준이는 120kg이 넘는다고 했다. 영준이는 남자였는데 머리카락은 언제 잘랐었는지 풀어 헤친 긴 머리카락이 어깨를 까맣게 덮고 있었다. 까만 티셔츠에 까만 반바지를 입고 있던, 영준이는 몸집은 그렇게 큰데 대화해보니 마음은 여리고 순수했다. 상담 중에 영준이는 '학교를 다시 다니고 싶다고 도와달라'고 했다. 영준이는 중학교 3학년 다닐 때 엄마가 잘 챙겨 주지 못해서 결석을 많이 했다고 한다. 학교에서 담임 교사와 몇몇 교사들이 가정으로 방문하여 영준이를 학교 보낼 것을 권유했으나, 조현병을 앓고 있던 엄마는 집으로 찾아온 교사를 위협하며 폭언을 퍼부었다고 한다. 그 일로 교사들도 더 이상 찾아오지 않았고 출석 일수 부족으로 중학교를 졸업하지 못한 상태였다. 이 사례를 의뢰한 구청 사회복지과 직원도 영준이 상담을 의뢰하면서 엄마를 조심하라고 당부했다. 외부인이 오면 갑자기 폭언하고 위협할 때가 있다는 것이다. 구청 사회복지사도 남자 선생님이었는데, 그 가정에 가서 몇 차례 봉변당할 뻔한 적이 있었다는 것이다. 나는 그 집을 방문하기 전에 이번에 만나는 내담자에게도 그에게 필요한 도움을 주고 문제가 해결될 수 있게 해달라고 기도했다. 그래서인지 의외로 영준이 엄마가 내게는 호의적이셨다. 영준이 엄마는 내가 방문할 때마다 음식을 만들어 대접하고 싶어 했다. 그러나 내가 먹지 않자, 왜 먹지 않느냐고 재촉하곤 했다. 그러나 그 이상 더 강요하지는 않았다. 영준이 엄마는 상담자가 자기 친구 닮아서 좋다고 하셨다. 자기 친구 중에 조선시대에 살았던 '한명회'라는 친구가 있는데, 내가 그 '한명회'를 닮았다는 것이다. 영준이 엄마는 그렇게 시대를 넘나드는 얘기를 자주 하셨다. 그러나 상담이 진행되는 동안 영준이 엄마가 내게는 단 한 번도 폭언이나 위협을 가하지 않았다.

영준이와 상담하면서 어떻게 하면 학교에 다시 다닐 수 있을까 고민하며 얘기했다. 그리고 영준이에게 학교 다니고 싶으면 다음 주 상담이 있을 때까지 학교에 한 번 갔다 오라고 했다. 학교에 가서 선생님을 한 분만 만나서 학교 다니고 싶다고 얘기하고 오라 했다. 그리고 나는 영준이를 위해 학교 측에 전화해 두었었다. 일주일이 지났다. 영준이를 만났을 때 영준이는 학교에 다녀왔다고 했다. 학교에 가는 것이 자신이 없어서 망설였지만, 상담 선생님과의 약속을 지켜야 학교 다니도록 도와줄 것 같아서 상담하기로 한 그날 아침에야 다녀왔다는 것이다. 학교에 가서 옛날 담임 선생님을 만났는데, 영준이가 다니던 학교는 사립

학교여서 학교에 가보니 옛날 선생님이 대부분 계셨다는 것이다. 120kg의 큰 덩치와 긴 머리 때문에 처음에는 선생님이 영준이를 알아보지 못했지만, 이름을 얘기하니 금방 알아보더라는 것이다. 영준이가 너무 기특했다. 이젠 상담사인 내 차례다. 영준이를 만나고 나오면서 학교에 들러 교무주임을 만났다. 그분이 예전에 영준이 담임이었다고 했다. 확인해보니 영준이는 [정원외 관리 명단]에 있었다. 정원외 관리는 초등학교나 중학교처럼 의무 교육기관에 합당한 사유와 절차를 거치지 않고 3개월 이상 장기 결석하여 학년을 올라갈 수 없는 학생을 제적시키지 않고 관리하는 명단이라고 했다. 학교 측의 배려로 영준이는 학교를 다시 다니게 되었고, 출석 일수를 채워 중학교를 졸업했다. 그리고 고등학교에도 진학하여 고등학교도 졸업했다.

남의 눈치 보며 주눅이 든 아이로 살던 내가 다른 사람의 인생에 도움을 줄 수 있게 된 것이다. 그것은 기적 같은 일이다. 누구나 손을 한 번만 잡아주면 일어서서 걸을 수 있는데, 어떤 사람에게는 그런 기회가 아직 오지 않은 사람이 있다. 그러나 희망의 끈을 놓지 않으면 언젠가 좋은 날이 올 것이다.

3-8 다 잘 될 거에 유 육이일

지난주 상담받은 네 살 혜인이를 만나는 날. 분식집 일로 바쁜 엄마를 위해 혜인이를 데리러 가게로 왔다. 웃는 얼굴로 식당에 들어가니 여자아이가 테이블 사이를 뛰어다니며 소리쳤다. 네 살 혜인이였다.

"싫어, 안 가!"

상담 후 결제까지 했는데 두뇌개발 학습지를 안 한다며 울기 직전이었다. 아이의 엄마는 분식집에 온 김밥 손님 받으랴 딸 잡으랴 좁은 가게 안을 비집고 다녔다. 덩달아 내 머릿속도 바빠졌다. 이럴 때 어떻게 해야 할지 감이 안 왔다. 내 나이 서른, 국제금융기구(IMF) 이후로 집안 생계를 위해 두뇌개발 학습지를 시작했다. 초보인 나의 열심을 알아준 지인이 자신의 자녀를 맡기고 소개해 준 두 번째 아이였다. 어려서부터 아이들을 좋아하고 잘 다루던 나였다. 하지만 돈하고 연관되니 싫다는 아이 말에 걱정이 올라왔다. '돈 벌어야 하는데. 어떡하지?' 전날 저녁, 수업 준비하며 미소 짓던 내가 바보 같았다. 7박 8일 동안 배웠던 교사 교육과 현실은 달랐다. 어린아이의 두뇌개발 중요성은 배웠지만, 안 간다고 우는 아이에 대한 대처법은 없었다. 이럴 때 동기 교사라도 있으면 좋으련만. 혼자 힘으로 어림없는 분위기였다. 눈길도 안 주는 혜인이를 보고 반쯤 포기한 얼굴로 아이엄마를 바라봤다.

"선생님, 혜인이 얼른 데려가세요!"

듣던 중 반가운 말이었다. 때마침 가게에 들어온 손님이 고마웠다. 엄마의 말이 끝나기가 무섭게 우는 아이를 달래며 밖으로 나왔다. 일차 성공이다. 이제 수업만 하면 된다.

길 가는 사람들이 고래고래 소리 지르는 아이와 나를 쳐다봤다. '어서 이 근처만 벗어나자.' 아이를 안고 가까운 놀이터를 향해 빠른 걸음을 걸었다.

"혜인아, 덥지? 아이스크림 먹을래?"

아이스크림 한 개에 아이의 얼어붙은 마음이 녹았다. '뭐가 이렇게 쉽지.' 놀이터에 있는 그네를 태워주며 놀았다. 엄마와 떨어지기 싫다고 악을 쓰던 아이가 깔깔깔 소리 내며 웃었다. 덩달아 안도의 한숨이 나왔다. 함께 미끄럼틀 타고 시소를 탈 땐 노래도 불렀다. '올라가면 푸른 하늘 내려오면 꽃동산.' 약속한 시간에 데려다주고 헤어지며 인사했다.

"다음에 또 아이스크림 먹자."

혜인이 엄마도 안심했다. 기대했던 나의 첫 수업은 아이스크림 먹고 놀이터에서 논 게 전부였다. 내가 준비된 책이고 수업 교재였다.

이제 어린아이들과 친밀감을 형성하는 일은 누워서 떡 먹기다. 일도 아니다. 이런 나의 마음을 테스트라도 하는 것처럼 중3, H와 만남이 시작됐다. 정신과 치료를 받고 있는 사회성이 결여된 아이는 학교에 가면 잠만 잔다고 했다. 머리도 안 감고 집에서는 방문을 꼭꼭 걸어 잠그는 아이였다. 다음 해 고등학교에 진학하지 않았다. 운둔형 외톨이처럼 집에만 있는 청소년이 됐다. 떡 진 머리와 긴 손톱, 반쯤 감긴 눈에 힘을 주어 나를 바라본다. 선뜻 다가가기 어려운 아이, 내 눈엔 그런 H가 측은해 보였다.

부모님의 큰 걱정은 학교에 안 가는 것보다 집에만 있는 거라고 했다. 밖에 나가 바람을 맞고 햇빛을 쐬게 해달라고 부탁하자 H가 싫다고 입을 열었다. 부모님 의견을 참고하고 H와 어떻게 할지 계획을 짰다. 세 번의 실내 수업을 하면 한 번의 외출을 잡았다.

드디어, 그날이 왔다. 사람들의 발길이 뜸한 공원, 사람들과 부딪히는 것이 싫다는 H의 의견을 충분히 존중했다. 내가 앞장서 걸으면 무거운 발걸음을 옮기며 따라왔다. 걸으며 계속 투덜거리는 소리가 들렸다. 절대로 '이거 해라, 저거 해라'고 하면 안 된다. 속으로 다짐하며 걸었다. 나는 주변 풍경을 돌아보며 큰 소리로 혼잣말을 했다.

"와우, 공기 좋다. 물소리 좋고 새소리도 좋은데."

제자리에 멈춰서 말하면 H가 빨리 안 간다고 투덜거렸다. 인적이 드문 낮은 산이라 정상까지 무리 없이 다녀왔다. 나무뿌리 조심하라는 말 대신 혼잣말을 했다.

"나무뿌리 조심해야겠네!"

H가 조심하는 게 보였다. 힐끔 봐야 한다. 대놓고 바라보면 다음번 외출은 없을 수 있다. 정상을 다녀왔는데 약속한 시간이 남았다. 나는 이쪽 H는 저쪽, 3~5미터 정도의 거리를 유지하며 서 있었다. 평일 낮 고요한 시간, 가까이 들리는 새소리를 향해 나무 위를 가리켰다.

"저기 나무 꼭대기에 새 있어. 근데 비가 오네? H야, 비 맞아. 이쪽으로 와."

갑자기 이쪽으로 오라는 말이 귀에 거슬렸는지, 상황이 종료됐다. 조금 전까지 투덜거리며 따라오던 H가 아빠한테 전화하란다. 어떤 말을 해도 안 통했다. 아빠가 오자 차를 타고 가며 큰소리로 말을 던졌다.

"다신 안 해!"

"잘 가, 다음에 보자."

다음에 보자는 인사를 했지만, 볼 수 있을지 알 수 없다. 부슬비를 맞으며 우산 없이 걸었다. 인적이 드문 이곳에서 한 아이의 외출을 위해 혼자 쇼를 한 것 같아 씁쓸한 마음으로 걷는데 서러운 눈물이 났다. 차 안에 앉아 젖은 머리를 털고 시동을 걸기가 무섭게 음악이 흘렀다. '이제 역전되리라. 바로 역전되리라.' 지금 나에게 맞는 위로의 노래였다. 다 잘 될 거야. 괜찮아. 이렇게 말해주는 것 같아 조금 전까지 빠져나갔던 힘이 금세 충전되는 것 같았다.

그 일 이후로, H의 부모님께 아들이 좋아하는 음식을 적어달라고 했다. 수업을 하러 가기 전 H가 좋아하는 반찬을 만들었다. 몇 줄의 편지도 적었다. '맛있게 먹고 힘내!'라고 적었다가 다시 고쳤다. 명령어처럼 느껴지는 말, 감정을 드러내는 말도 지웠다. 되도록 짧게 기분을 건들지 않도록 적는 것이 어려웠다.

어느 날, H의 잠긴 방문을 따달라고 해서 들어갔다가 허벅지에 발길질을 당했다. H와 마주 앉아 서로의 눈을 바라봤다. 눈에는 화가 있고 노여움이 나왔다. 내가 할 말과 안 할 말을 분별하게 해달라고 속으로 빌었다. 포기하고 싶은 마음이 들었지만, 측은한 마음이 더 컸다.

그렇게 일 년이 넘는 시간을 함께 했다. H는 대학에 가고 군대도 갔다. 무엇보다 군대에 간 것이 기적이었다. H를 사랑하는 모든 사람들의 바람이 기적을 일으켰다.

습관을 고치려고 노력하다 보면 이처럼 어려운 일들을 만났다. 사람은 믿는 대로 믿어주는 대로 된다. 내가 만나는 아이들을 믿고 희망과 변화를 주는 것은 어느새 나에겐 소중한 일이 되었다. 무한한 가능성을 가진 아이들의 빛나는 인생을 위해 세상의 변화에 맞춰 성장하되 흔들리지 말고 변함없이 살아가길 응원한다.

3-9 낯선 두려움, 말랑한 설렘 조하나

먼지가 가득한 낡은 서랍을 열었다. 그 안에는 어린 시절의 역사가 가득했다. 역사라고 하니 그럴듯해 보이지만 중학교 때의 학교 과제물이나 일기, 친구들과 나눈 편지들이다. 노란색의 노트가 눈에 들어왔다. 세월의 흔적이 느껴지는 일기장이다. 그 안에는 당시의 감정들이 고스란히 남겨져 있었다. 그것들을 읽고 있자니 그때 그 시절에 느낀 감정들과 생각으로 돌아가는 것 같았다. 귀퉁이에 그려져 있는 작은 건반에 눈길이 멈췄다. 생각해 보니 중학생시절에 나는 음악을 참 좋아했었다. 1990년 후반, 또래들과 다르게 라디오를 자주 들었다. 좋아하는 음악이 나오면 녹음하기도 했었다. 갑자기 음악이 하고 싶어졌다. 해야 하는 것이 아니라 하고 싶은 걸 찾은 게 반갑다. 일기장을 덮자마자 지갑과 핸드폰을 챙겨 들었다. 어디로 가야 할까. 어떻게 해야 할까. 걱정이 먼저 떠오르지만 발걸음은 가볍다. 목적지는 저기다.

「ABC 피아노 학원」

가볍던 발이 점점 느려졌다. 머뭇거리다 학원 문 앞을 몇 번이고 지나쳤다. 골목을 지나쳐가기도 하고 길 건너에서 빤히 쳐다보기도 했다. 노란 피아노 가방을 들고 뛰어 들어가는 초등학생들이 많이 보였다. 집을 나설 때의 기세는 없어졌다. 걸음을 멈춰 하늘을 올려다보니 바다처럼 파랗다. 왜인지 용기가 난다. 겁먹지 말자. 다시 학원 문 앞에 섰다. 비장해져 주먹을 움켜쥐었다. '그래, 처음엔 다 그렇지. 뭐든 첫 시도는 어려운 법이니까.' 심장이 쿵쿵거린다. '후' 하고 큰 숨을 한번 쉬고 유리문을 밀었다. 짤랑 소리가 났다. 반묶음 머리에 긴 귀걸이를 하고 도톰한 카디건을 입은 여성분이 미소를 띠며 나왔다.

"어떻게 오셨어요?"

"저… 성인도 피아노 배울 수 있나요? 처음인데요."

괜스레 주먹을 쥐고 어깨에 힘을 줬다. 지고 싶지 않았다. 이기고 지는 게 아닌데 말이다. 가장 안쪽 피아노방으로 안내받았다. 아까 나온 사람이 선생님인가보다. 도레미파솔라시도를 눌러보라고 했다. 얼굴이 달아오르는 게 느껴졌다. 계이름은 알아도 어디가 도인지 모른다. 도일 것 같은 건반을 검지로 눌렀다. 나중에 틀렸다는 걸 알게 되었다. 다행스럽게도 피아노 선생님은 아무렇지 않아 보였다. 그날부터 피아노를 배우기 시작했다. 모든 게 신기했다. 내가 누르는 건반에서 소리가 나다니. 매일 피아노 앞에 앉아 있으니 멋진 음악을 뚝딱 쳐 낼 수 있을 것 같았다. 운지법 연습을 하고 처음 배운 곡은 동요 '나비야'였다. 음계는 알고 있으니 손가락만 움직이면 된다. 나…… 비‥ 야… 더듬더듬 동요가 피아노방에 울렸다. 옆방에서는 체르니니 바이엘이니 하는 풍성한 피아노 소리가 들렸다. 하지만 내 방은 동요다. 넉살 좋은 초등학생 하나가 연습실 문을 열고 들어왔다. 두 시간 동안 울려 퍼지는 소리는 초등학생의 흥미를 자극하기 충분했던 것 같다.

"언니는 어른인데 왜 동요를 치고 있어?"

말해주고 싶었다. '처음이라 그래, 언니가 하고 싶었는데 좀 늦었네'라고 말이다. 하지만 웃음으로 넘겼다. 그렇게 2개월을 매일 출석 도장을 찍었다. 매일 출근은 힘들다고 느꼈는데 피아노 치는 건 힘들지 않았다. 시간 가는 줄 몰랐다. 해야 하는 것이 아니라 하고 싶어서 하는 것은 이렇게나 할 수 있던 거였다.

그 2개월은 나에게 도화선이 되었다. 첫발을 떼고 나니 물밀듯 밀려왔다. 시외터미널에서 강남터미널행 편도를 끊었다. 버스를 타고 가는 동안 지하철 노선도를 뚫어지게 봤다. 처음 보는 지하철역이 많다. 쇼핑을 위해 몇 번 가본 게 다라 아는 게 거의 없었다. 강남 터미널에서 내려 전철역 입구에 그려진 노선도를 뚫어져라 쳐다봤다. 한참을 바라보다 사람들이 많이 이용한다는 2호선으로 향했다. 전철을 타고 가다 보니 의도한 방향이 아니었다. 목적지가 정해지지 않은 이동이라 반대 노선을 타고 있음에도 갈아타지 않았다. 교대역, 서초역, 방배역, 사당역 한 정거장씩 도착 때마다 사람들의 움직임을 관찰했다. 가장 적은 사람이 오르내렸던 낙성대역에서 하차했다. 처음 간 곳은 낯선 감정 이상의 두려움이 느껴졌다. 즉흥적인 행동은 여기까지인 것 같다. 도움이 절실히 필요했다. 늘 혼자 해내려 했다. 도움을 받는다는 건 부족하다는 걸 인정하는 거고 지는 것이라 생각했다. 근데 지면 어떤가. 중요한 건 내가 하고 싶은 것이 있으며 그걸 위해서는 도움이 반드시 필요하다는 것이다. 승부가 아니라 나를 위한 선택이다. 지나가는 사람들을 바라봤다. 다들 바쁜 일이 있는지 발걸음이 빨랐고, 눈 마주치는 일이 거의 없었다. 그래도 용기를 내야 했다. 아담한 키에 단정한 쇼트커트 머리를 한 아주머니에게 말을 걸었다.

"저기요. 혹시 여기 가까운 부동산이 어디 있나요?"

아주머니는 길을 멈춰서 두리번거렸다. 멀리 보이는 카페를 가리키며 골목으로 들어가면 보일 거라고 했다. 꾸벅 인사를 하고 돌아서는데 나를 붙잡았다. 의심이 먼저 들었다. 약간의 거리를 두며 아주머니를 따라가니 노란색 간판의 부동산이 나왔다. 머쓱한 마음에 다시 감사의 말을 전했다. 아주머니는 괜찮다며 갈 길을 갔다. 부동산 문 앞에 서니 또 발이 무거워졌다. 긴장감에 손바닥이 축축해지고 있었다. '여기까지 왔으니 못 먹어도 고다' 무거운 유리문을 밀고 들어갔다. 자리에 앉아 있던 중개사 한 분이 보고 있던 신문을 내려놓으며 인사를 했다. 처음으로 집을 구해본다. 그 동안은 부모님과 함께, 기숙사서 살아본 게 전부였다. 방을 구하고 싶다고 이야기했다. 중개사 아주머니는 학생인지 직장인인지부터 물어봤다. 차량 유무, 역세권 등에 대해 이야기를 했다. 차가 있는 것과 없는 것, 역세권이 어떤 차이가 있는지 모르니 내 대답은 다시 질문이 되었다. 아주머니는 처음 집을 구하냐고 물어봤다. 예전이었으면 인정하지 않았을 지도 모른다. 평소와 다르게 고개를 끄덕였다. 아주머니는 꼼꼼하게 하나에서 열까지 자세한 설명을 해 주었다. 긴장으로 잔뜩 위축되었던 마음이 말랑해지는 게 느껴졌다.

해보지 않았던 것을 시도하는 건 너무나 두렵다. 처음 피아노를 배우러 간 것처럼, 모르는 곳에서 자취방을 구하는 것처럼 말이다. 하지만 모든 일에는 처음이 있고 처음이 있어야 다음이 있다. 두려움에 발을 멈추기도 하지만 그 첫발을 디디면 신기하게도 설렌다. 그 발걸음은 내가 선택할 수 있다.

3-10 보이지 않았을 뿐, 내 옆에 행복이 늘 있었어

홍순지

어릴 적 엄마를 위해 성공하겠다고 다짐했던 나는 정작 엄마와 이야기할 새가 없었다. 온종일 손주들을 돌보느라 파김치가 되신 엄마에게 다정한 말 한마디 건넬 수 없을 만큼 지쳐 퇴근했다. 엄마가 어떤 생각으로 나이 들어가시는지 알 수 없었다. 집에서조차 내 안의 버거움을 감췄다.

지친 마음은 화가 되어 내 몸에 가득 찼다. 엄마의 사소한 한마디가 상처가 됐고 바쁜 남편이 야속했다. 한숨을 달고 살았다. 숫자로 나타나는 성과가 나의 가치를 말해주는 것이라 생각해 일을 줄이지 못했다. 슈퍼우먼이 되고 싶었던 나는 내 몸과 마음이 망가지는 것은 보지 못했다. 내가 할 수 있는 것을 알고 한계를 인정하는 사람이 진짜 똑똑하고 현명한 사람이라는 걸, 그땐 몰랐다.

결혼 초 친구들과 남편의 이야기를 할 때였다. 일찍 결혼한 나에게 궁금한 게 많았던 친구들은 남편이 잘해준다는 내 자랑에 어떻게 잘해주는지 꼬치꼬치 캐물었다. 선뜻 대답이 나오지 않았다. 분명 남편이 잘해주는데, 뭘 잘해주는지, 뭘 잘 도와주는지는 설명을 할 수가 없었다. 잠시 갸우뚱거리다가 대답했다. '말'이라고. 어이없어하며 한참 웃던 친구들의 모습에 겸연쩍게 웃으면서도 남편의 장점을 정확하게 설명하지 못해 아쉬워했던 기억이 있다.

우리 남편은 말을 참 예쁘게 잘한다. 다정하고 성실한 남편을 만난 걸 큰 축복이라고 생각한다. 안타깝게도 이렇게 멋진 남편이 집안일까지 척척 도와주지는 않는다. 일이 워낙 바쁘다 보니 그렇다. 괜찮았다. 내가 고생하는 걸 알아주고 늘 따뜻하게 내 마음을 헤아려주니까. 회사에서 힘들었을 테니까, 늦게 출근하는 내가 하는 게 맞다고 생각했다.

영유아기 이후 우리 아들은 정말 바른 생활 학생이다. 어렸을 때 고생시키던 녀석이 유치원 때부터 딱 달라졌다. 선생님 말씀대로 어른들 말씀대로 주어진 범주를 벗어나지 않으려고 애쓰는 착실하고 모범적인 아들이다. 단, 집에서의 모습은 조금 다르다. 자유로운 영혼이랄까? 그렇게라도 밖에서 받는 스트레스를 푸는 것 같아 별로 잔소리하지 않았다.

우리 딸은 정말 하고 싶은 일이 많다. 이것저것 관심도 많고 벌여놓는 일도 많다. 슬라임 하다가 인형놀이 하고. 갑자기 태권도복을 꺼내 입고 태권도를 하다가 어느새 도복을 그대로 입은 채 카트를 밀며 주방 놀이를 하는 마법 같은 아이이다.

결국 우리 식구들이 벌여놓은 많은 일거리들은 다 내 차지다. 듣기 싫어할 소리를 자주 하고 싶지 않아 웬만하면 조용히 넘어가려는 편이었다. 소중한 아이들에게도 고생하고 온 남편에게도 집안은 늘 행복하고 편안한 곳이라는 믿음을 만들어주고 싶었다. 하지만 생각과 달리 속은 점점 부글거렸다.

한번은 한 지인이 학원 자료를 받고 싶다고 연락을 해왔다. 아들이 중학생이 되어 공부를 시켜야 하는데 학원에 올 시간은 없으니 자료를 받아서 집에서 시켜보고 싶다고 했다. 난감했다. 학원의 자료를 어디까지 보내줄 수 있을까 잠시 멈칫하며 고민했지만 거절할 명분도 찾지 못해 어설프게 대답을 해버렸다. 그 아이에게 도움이 될 만한 자료를 찾아 선별하고 학원 교재와 다르게 편집해주느라 그날 오전 시간을 다 썼다. 그러고 나니 스스로에게 화가 났다. 단번에 멋지게 프로처럼 거절하지 못한 나를 나무랐다. 이렇게 난 일을 만드는 사람이구나 싶었다. 그런데 며칠 후 그 엄마에게 연락이 왔다.

"우리 ○○이가 학원에서 배우고 싶다네? 이참에 수업을 듣고 싶어."

우리 학원이 좀 멀어 고민이었는데 친구들 몇 명 모아 엄마들이 돌아가며 운전하기로 했다며 찾아왔다. 그렇게 케이크까지 들고 학원에 방문한 그 엄마의 얼굴을 보면서 스스로 참 부끄러웠다. 반성하는 마음으로 그 아이들에게 더 애정을 쏟아 수업을 했다.

바쁘게 살아온 지난날을 떠올려보면 결국 내가 만든 것이었다. 그리고 그 안엔 조급해하며 툴툴대는 내가 있다. 다른 사람들에게 좋은 사람이 되고 싶어서 스스로를 괴롭혔다. 소모적인 걱정 속에 나를 던져 아프게 살고 있었다. 화를 낼 일도 아니었다. 생각만 바꾸면 될 일이었다. 남편이 집안일을 스스로 해주지 않는다고 생각했지만 남편은 내 말 떨어지기가 무섭게 다 도와주는 마음이 예쁜 사람이다.

우리 아들이 집에서 편안하게 있을 수 있으니 얼마나 다행인가. 스트레스를 그렇게라도 풀어내니 사춘기가 무사히 지나간 것 같다.

우리 딸이 에너지 넘치고 발랄한 캐릭터이기를 난 늘 기도했다. 이 모든 것은 내가 꿈꾸던 행복이 분명한데 그 뒷면만 보고 있었다. 조급하게 달리느라 이미 내 옆에 와있던 수많은 행복을 알아채지 못했다.

대학원 교육 철학 수업에서 어린 시절의 경험이 성격 형성에 많은 영향을 준다는 내용을 배운 적이 있다. 특히 정신의학자 아들러의 이론이 인상 깊었다. 인간에게는 보편적인 열등감이 있고 그것을 극복하려는 동기가 있다고 한다. 어린 시절 경험한 자신의 열등감을 극복하고 보상하기 위해 목표를 만들고 나름의 생활양식을 만들어간다는 설명이다.

시간을 거슬러 나를 되돌아보았다. 엄마, 아빠를 행복하게 해주고 싶은 마음으로 채워 살았던 내 학창 시절과 그걸 이루지 못해 죄책감을 가지고 살았던 내 이십 대가 보였다. 비록 과거는 지나갔지만 그 시절 내 아픔과 불안은 여전히 남아있었다. 지금이라도 치유하기 위해 그때의 나를 위로했다. 열심히 살았다고 성공하려 애쓰지 않아도 된다고 말이다.

삼십 대로 돌아왔다. 날 바쳐서라도 행복하게 키우고 싶은 아들과 딸, 그리고 지켜주고 싶은 남편이 있다. 그들이 진짜 행복한 게 무엇인지 생각한다. 그들에게도 내가 가장 소중한 가족이다. 내가 건강하지 않으면, 내가 행복하지 않으면 그들도 행복하지 않다.

이제 두 가지만 지키기로 다짐한다. 첫째, 감당할 수 없는 일 내려놓고 목표를 낮추기. 목표를 어떻게 설정하는지에 따라 나는 패배자가 될 수도, 승자가 될 수도 있다. 만족은 상대적인 것이다. 내 기준을 낮춰야 열등감과 조급함이 사라진다. 그래야 내 옆에 이미 늘 함께였던 행복이 보인다.

둘째, 솔직해지기. 솔직해져야 내려놓을 수 있다.

딸이 유치원에 다닐 때쯤, 내가 아이에게 '몰라'라는 단어를 쓰지 못하고 있다는 걸 깨달았다. 그땐 그런 내 모습이 어떤 의미인지까지는 알지 못했다. 대개 어린이들이 그렇지만 우리 딸은 특히 질문이 많은 아이였다. 하루에도 수십 번씩 이어지는 질문에 '몰라'라는 단어를 뱉지 못하고 모든 대답을 해주려고 애를 썼다. '몰라'는 너무 무책임한 대답 같았다. 엄마라면 '모르면' 안 된다고 생각했다. 아이를 납득시켜 주고 아이의 궁금증을 풀어주어야 한다고 여겼다. 찾아보고 설명해주는 엄마로서의 내 모습은 분명 잘한 일이지만, 사소한 한 마디조차 솔직하게 뱉지 못하는 내 모습이 지금 보니 안쓰럽다. '힘들다' '이건 못 한다' '모른다' 부정적인 단어를 내뱉는 것에 익숙해지자. 내 안의 부정은 바깥으로 뱉어 내어야만 쌓이지 않는다.

사실 아들러가 말한 열등감은 부정적인 것만은 아니었다. 열등감은 인간이 더욱 성장할 수 있는 원동력이 된다. 불평 뒤에 행복이 있었던 것처럼 조급함과 열등감 뒤에는 나를 성장시켜줄 힘이 있다. 그 조급함과 열등감을 어떻게 쓸모 있게 다루냐에 따라 인생의 빛이 달라질 것이다.

이제 주변의 잣대에 휘둘리지 않는다. 성공한 딸, 좋은 엄마, 든든한 아내, 착한 사람이라는 기준은 내가 만든다. 내 옆에 있는 행복을 느낄 수 있고 조급함을 여유 있게 다룰 줄 아는 진짜 어른이 되어 내 인생을 빛나게 해줄 차례다.

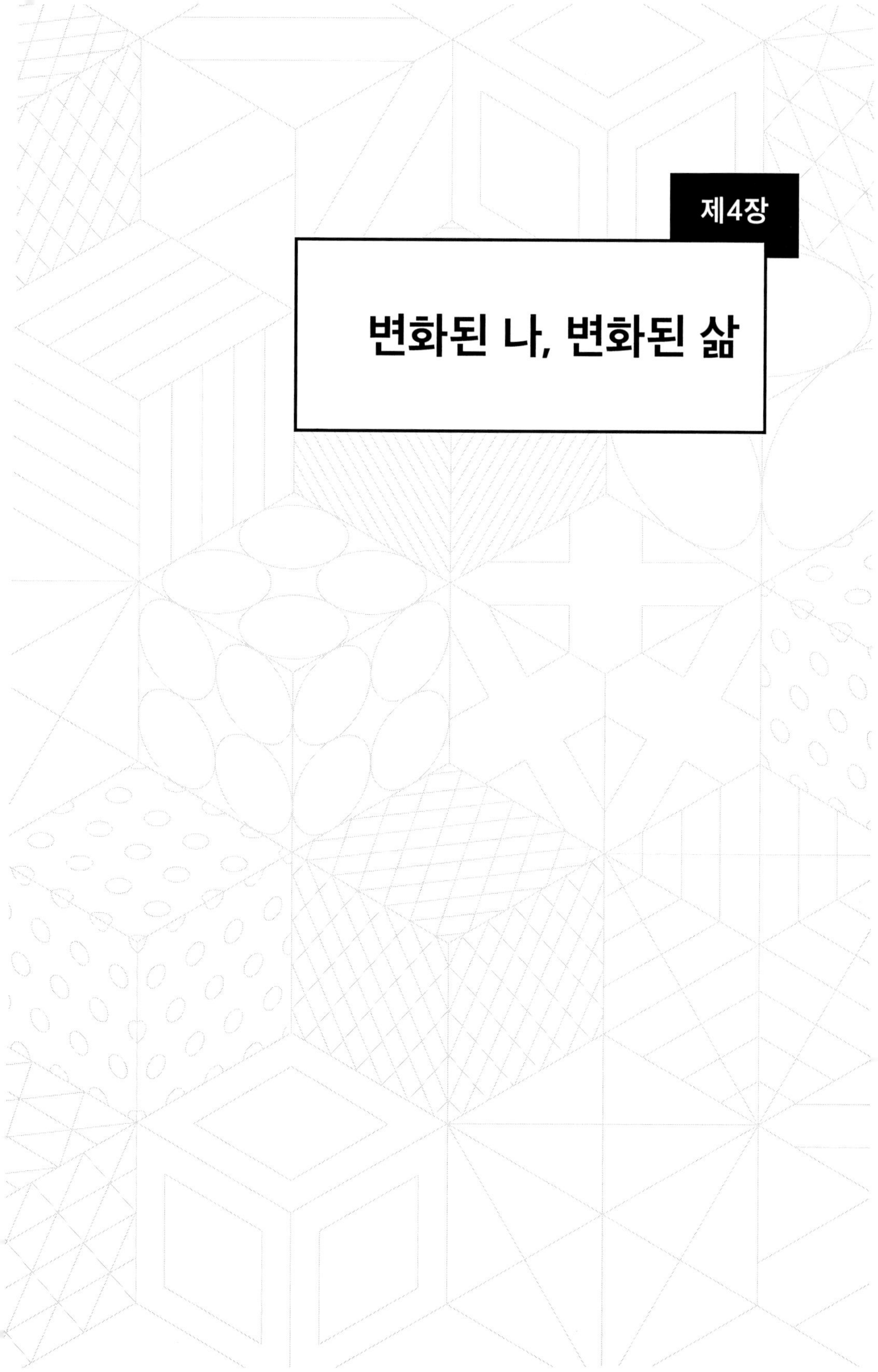

제4장

변화된 나, 변화된 삶

4-1 나는 세상에서 가장 소중한 사람

강혜진

"언니, 고민이 있어서 전화했어요."

올케에게서 전화가 왔다. 좀처럼 흥분하지 않는 올케의 목소리가 작게 떨리고 있었다. 조카가 학교에 입학해 적응하고 있을 시기였다. 올케는 교사인 나에게 궁금한 것을 가끔 물어보곤 했는데 그날은 아들이 착하기만 해서 자기 것은 못 챙기고 학교생활을 힘들어하지는 않을지 걱정하는 눈치였다. 어느 날은 조카가 친구들에게 돈까지 나눠 줬다는 사실을 알게 됐단다. 그것도 아들 친구 엄마의 전화를 받고 뒤늦게 말이다. 걱정하는 올케를 달래며 꼭 어린 시절 내 모습과 닮은 조카의 마음을 헤아려 보았다. 안쓰러운 마음이 먼저 들었다. 조카는 사촌들과 함께 놀면서도 갈등 상황을 만들지 않고 양보하는 착한 아이였다. 또래에 비해 의젓하고 배려심이 있다고 올케를 진정시켰다. 자기밖에 모르는 아이들이 숱하게 많은데 조카는 그렇지 않으니 올케가 아들을 잘 키웠다는 말도 덧붙였다.

그날 저녁 조카와 통화를 했다. 휴대폰 너머로 반가운 조카의 목소리가 들린다.

"○○아, 너 학교에서 친구들 사이에 엄청 인기가 많다며? 고모도 그런 친구 하나 있으면 정말 좋겠다."

하고 운을 뗐다.

"그런데 말이야. 이 세상에서 가장 소중한 사람은 누굴까?"

난데없는 질문에 조카는 엄마? 아빠? 하고 되물어 보다가 도무지 답을 모르겠다고 했다.

"이 세상에서 제일 소중한 사람은 ○○이 너지. 엄마한테는 엄마가 제일 소중한 사람이고, 아빠한테는 아빠가 제일 소중한 사람, ○○이한테는 ○○이가 제일 소중한 사람이지."

조카는 그제야 알겠다는 듯이 "아!" 하고 짧은 감탄사를 내뱉었다.

"그런데 ○○아, 만약에 말이야. 너한테 500원짜리 동전이 하나밖에 없는데 친구가 그거 달라고 하면 어떻게 해야 해?"

"친구한테 줘야 해요."

"그 500원이 없으면 ○○이가 사고 싶은 것도 못 사는데? 꼭 필요한 건데?"

"……."

질문이 이어지자 조카는 대답하지 못하고 머뭇거렸다.

"500원짜리 동전이 하나밖에 없고 지금 이걸 꼭 써야 하는 상황인데 친구가 자기한테 달라고 한다고 주는 건 어리석은 행동이야. 친구만 소중히 여기고 자기를 무시하는 행동이잖아. 아무렇지도 않은 척 줘 버리고 네 마음이 속상하면 안 되겠지? 그럴 때는 네 마음을 먼저 잘 들여다봐. 세상에서 제일 소중한 네 마음. 친구 마음 말고 ○○이 마음이 우선이야. 그렇게 해도 절대 나쁜 행동이 아니야."

조카가 그 후 어떻게 행동하는지 물어본 적은 없다. 겉으로 보이는 행동만으로는 조카의 속마음을 다 안다고 할 수 없으니 말이다. 다음 번에 조카를 만나면 요즘 마음이 어떠냐고 물어볼 요량이다.

늘 옳은 것만 선택하며 살다가 내 마음 들여다보기를 시작한 후 '옳은 것'보다는 '나'의 마음을 최우선에 두고 살게 되었다. 마음에 이렇게나 큰 변화가 있었지만 행동은 이전과 비교해도 크게 달라진 것이 없다. 나는 여전히 사회성이 뛰어나고 예의 바르며 배려하는 삶을 산다. 요령 부릴 줄 모르고 헌신하며 일한다.

달라진 것이 있다면 바로 마음. 이전에는 불만을 가득 품은 마음으로 열심히만 살았다면, 지금은 보람과 행복이 가득 찬 마음으로 열심히 산다. 삶의 초점을 남에게서 나에게로 옮겼더니 생긴 변화다. 인정받기 위해, 손가락질 받지 않기 위해, 내키지 않지만 억지로 내 마음을 무시하며 살던 그때는 좋은 행동을 하고도 만족스럽지 않았다. 지금은 다르다. 매사에 내 마음을 먼저 챙긴다. 그 누구도 아닌 세상에서 가장 소중한 '나'의 마음. 그리고 내가 나에게 주는 칭찬과 인정을 즐기며 산다.

마음이 손바닥 뒤집어지듯 바뀌었는데도 행동에는 일말의 변화가 없다니. 어떻게 그럴 수 있는지 궁금하지 않은가? 가만히 마음을 들여다봤더니 나의 과거는 결국 내 선택에 따른 결과였음을 불현듯 깨달을 수 있었다. 남이 강요한 적 없었다. 누군가 눈치를 준 적 없었다. 모든 것은 오롯이 내 마음을 따라 걸어온 궤적들이었다.

간절한 것을 남에게 양보할 수 있었던 것은 그것을 손에 쥐었을 때의 즐거움보다 양보한 후 즐거워하는 상대를 대하는 기쁨이 더 컸기 때문이다. 요령 피우지 않고 열심히 일했던 것은 편안하게 지낼 때보다 열심히 일한 후의 보람이 더 컸기 때문이다. 사람들로부터 손가락질 받을까 봐 두려워서가 아니었다. 어느 순간 내 삶이 기쁨과 성취감, 보람에 초점을 맞추고 있었다는 것을 깨달았다. 정말 싫었다면 억만금을 준다고 해도 하지 않았을 선택들. 결국은 내 선택이었고 내 의지였던 것이다. 나는 생각보다 괜찮은 삶을 꾸려나가고 있었다.

열심히 일해 모은 돈을 기부했던 아빠. 아빠는 칭찬과 인정을 좇은 것이 아니라 뿌듯함과 보람을 즐겼던 것이었는지도 모른다. 붕어빵같이 아빠를 똑 닮은 내가 아빠의 마음까지도 닮아서 나만 챙기지 않고 남도 챙기며 살 수 있었던 것이라 믿는다. 인생을 대하는 훌륭한 태도를 물려주신 아빠께 감사한 순간이었다.

생각해 보니 이전과 비교해 확연히 달라진 것이 하나 있긴 하다. 가족을 나와 동일시하지 않는다는 것. 가족을 나의 일부라 생각하고 가족의 희생도 당연하다고 여겼었다. 좋은 행동을 하고 보람을 느끼려는 내 마음에 치우쳐 나의 500원짜리 동전뿐만 아니라 가족의 500원짜리 동전까지 싹 걷어서 남에게 내주는 삶을 살고 있었다. 과했다. 어리석었다.

이제는 내가 가진 500원 동전을 가족에게 내어줄 줄 안다. 아파도 참고 힘들어도 열심히만 하라며 가족에게도 채찍질을 휘두르던 과거의 나였다. 늦은 감이 없지 않지만 이제는 정성도, 위로도 내어주며 가족 먼저 알뜰살뜰 챙긴다. 너무 가까이에 있어 소중함을 모르고 있던 가족에게 고마워, 잘했어, 사랑해 애정 어린 말을 아끼지 않는다. 가족에게 예의를 지키고 가족을 최우선이라 생각하고 대한다. 가족을 맨 앞에 두고 싶은 나의 마음을 따른다.

스스로에게 떳떳하고 남의 눈치도 보지 않는 삶. 그러나 누구에게도 손가락질 받지 않으며 보람까지 느낄 수 있는 삶. 이런 삶을 살게 되자 이제껏 뒤로 미뤄 놓았던 나의 꿈도 하나씩 찾을 수 있게 되었다. 글을 쓰는 사람이 되겠다는 까맣게 잊고 있던 나의 꿈을 기억해 냈다. 나는 무언가를 배울 때 즐거움을 느끼고 누군가를 도울 때 참 행복하다. 그래서 누군가 단 한 사람이라도 내 글을 읽고 도움을 받을 수 있기를 기대하며 글 쓰는 삶을 살고 있다.

4-2 미래의 어느 날, 오늘을 생각할 나를 위해 글빛혁수

생활습관이 바뀌었다. 그런 습관들은 그냥 바뀌지 않았다. 2015년 8월에 있었던 사고처럼 큰일이 있고서야 내 몸을 위해 건강습관을 만들어야겠다는 의지가 생겼다. 그때 본 책이 내 인생 책이 된 이시하라 유미의 '공복워킹'이다. 말 그대로 먹기 전에 걸으면 잘 살 수 있다는 책이다. 사람이 살면서 생활습관을 어떻게 바꾸어야 하는가를 알기 쉽게 적어 놓았다. 식습관부터 잠은 어떻게 자는지, 걷기가 어떻게 사람을 바꾸어 놓는지 정리가 잘 돼 있었다. 아침밥은 무조건 먹어야 하는 줄 알고 40년을 살았는데, 책에는 배고플 때 먹으라고 했다. 대신 아침에 사과, 당근 같은 과일 위주로 먹고 겨울에는 생강 홍차에 꿀을 타 마시라고 했다. 그러니 허기가 없어졌다. 점심은 보통으로 먹고 저녁은 과식만 안 하는 선에서 맥주도 한잔하면서 잘 먹었다. 고기와 유제품을 끊으니 고질병이던 설사와 복통이 사라졌다. 그렇게 식습관을 바꾸고 걷기를 시작하자 몸이 제 자리를 잡아가는 느낌이 들었다. 하루 한 시간은 웬만하면 걸었다. 아니, 정말 급한 일 아니면 무조건 걸었다. 그렇게 1년이 지나자, 습관이 자리 잡고 몸이 바뀌기 시작했다. 나도 모르는 새 72kg이었던 게 60kg이 됐다. 몸이 가벼워지니 걷는 것도 훨씬 편해졌다. 그때부터 내 몸을 바꾸는 삶을 살기 시작했다.

출근할 때는 한 시간 일찍 집을 나선다. 걷기 위해서다. 일부러 걸어서 1시간 정도 거리의 직장을 구했다. 나는 나를 믿지 않고 어쩔 수 없는 상황을 믿기로 했다. 차도 사지 않았다. 버스도 웬만하면 안 탔다. 조금만 서두르면 걸어갈 수 있는데 굳이 돈 내면서 버스는 안 타기로 했다. 일이 있어 못 걸었을 때는 자정이 넘어도 집에서 기어 나와 걸었다. 그래야 마음이 편해졌다. 습관에 대한 책도 봤다. 그 책들에서 말하는 것은 하나였다. '일단 해라'

다른 생각 아예 하지를 말고. 걷기나 달리기 습관을 만들기 위해서는 일단 밖으로 나가야 한다. 문제는 '나가는' 것이다. 나가는 게 힘들다. 나도 그랬다. 나갈까 말까, 그런 생각 아예 하지 말고, 일단 한다. 어떤 책에선가, 재채기 안 하는 법을 본 게 생각났다. 시험 삼아 해봤다. 몇 번 시도해 보니 생각보다 쉬웠다. 급하게 나올 때는 어쩔 수 없지만, 코끝이 시큰해지면서 몰려오는 재채기는 안 할 수 있다. 재채기가 시동을 걸고 올라오려는 그 순간, 재빨리 고개를 돌려 다른 걸 본다. 순간 신경을 다른 데 돌린다. 그러면 신기하게 재채기는 물에 젖은 성냥처럼 수그러든다. 그냥 눈만 돌리면 된다. 물론 재채기가 나면 시원하게 하는 게 좋다. 내 몸을 시험하는 차원에서 해본 것이다. 머릿속 신경은 단순해서 잘 속는다는 걸 알았다. 웃을 일 없어도 그냥 미소 짓고 웃으면 뇌도 따라 웃는다는 말이 맞다.

그래서 자려고 누웠을 때 웃는 습관을 들였다. 낮에는 잘못하면 미친 사람으로 오해받기 딱 좋기 때문에 진짜 조심해야 한다. 웬만하면 혼자 있을 때, 특히 자려고 누웠을 때 한다. 웃음 수면제를 먹는다고 생각하고 웃는다. 혼자 미친 듯이 낄낄대고 난리를 피운다. (나는 교양인이기 때문에 소리는 낮춘다) 5분, 10분 그러고 나면 잠이 잘 온다. 꿀잠이다. 아침도 상쾌해진다.

계단 오르는 습관도 만들었다. 계단만 보면 오를까 말까를 생각하지 않고 발부터 걸친다. 피곤해도 올라간다. 오르다 보면 또 괜찮다. 할 만하다. 모든 게 하기 전이 힘들다. 한 번에 두 칸씩, 엉덩이에 힘을 빡 준다. 한 발은 앞으로 힘차게 딛고 한 발은 시원하게 차올리며 리듬도 상쾌하게 오른다. 유난히 긴 출근길 계단도 빠짐없이 걸어 오른다. 에스컬레이터와 시합하기도 한다. 아, 내가 먼저다!

살고 있는 아파트는 14층이다. 여기도 웬만하면 걸어 올라간다. 지난달부터 1분대에 진입했다. 이제 숨도 덜 차고 땀도 별로 안 난다. 이렇게 계단 오르기를 한 지 3년 정도 됐다. 이 계단 오르기의 힘은 생각보다 크다. 한 달에 한 번 가는 산악회에서 효과가 증명되었다. 작년 2023년 8월에는 여름에 가지 말아야 할 산이라고 이름난 백덕산에 다녀왔다. 왜 그런 소문이 났는지 가보니 알 만했다. 경사가 거의 직각이라 느껴질 만큼 가파른 산이었다. 등산 경력이 10년 20년 오래된 사람들도 붉어진 얼굴에 힘들어하는 모습이 가득했다. 신기하게 숨이 많이 차지 않았다. 사람들과 천천히 올라가기도 했지만, 계단 오르기의 힘을 확실히 느낄 수 있었다.

맨발 걷기도 하고 있다. 2021년 9월부터 시작했다. 동네 도서관에서

박동창 맨발 걷기 국민운동본부 회장의 '맨발로 걸어라'를 보고 호기심이 생겼다. 이틀 만에 책을 후딱 보고 바로 산으로 가 양말을 벗었다. 출퇴근 때 넘어 다니는 산길에서 맨발로 걸을 수 있는 곳을 찾아 걷기 시작했다. 최대한 좋은 길을 고른다고 했지만, 산길이라 나뭇가지며 자갈이 많은 건 어쩔 수 없었다. 최대한 살살, 온 몸을 비틀면서 천천히 걸었다. 미처 못 본 자갈이나 나뭇가지에 찔릴 때면 뜨끔해서 소리를 질렀다. 아프기도 했지만 지레 겁을 먹어서다. 첫날은 30분 정도 걸었다. 발바닥이 아파서 그 이상은 걸을 수 없었다.

다음 날 아침이 되었다. 그날은 아직도 생생하다. 쉬는 날이라 컴퓨터 책상에 앉아 있는데 몸에서 이상한 기운이 솟아올랐다. 막 나가서 뛰어다니고 싶기도 하고 웃음이 저절로 터져 나오기도 했다. 예전에 오메가3 처음 먹었을 때도 이런 비슷한 느낌이 있었는데, 그때보다 훨씬 강했다. 마치 오메가3 100알은 먹은 기분이라고나 할까. 그 정도로 신기한 경험이었다. 그렇게 느끼고 보니 맨발 걷기를 안 할 수가 없었다. 그 후로 맨발 걷기를 꾸준히 하고 있다. 겨울만 아니면, 일주일에 두세 번은 한다. 사람들에게도 추천하고 다닌다. 맨발 걷기하고 오메가3 100알 먹은 기분 들었다고 하면서 말이다.

어렸을 때부터 부모님이나 다른 사람들이 해야 한다고 하는 것만 하고 살았다. 부모를 위해서 형제를 위해서 내가 없는 삶을 살았다. 장남이고 형일 뿐이었다. 다른 사람의 마음에 들려 하고, 싫어하는 것을 안 하기 위해 노력할 뿐이었다. 2015년 8월 말, 나는 죽지 않고 살아났다.

그 후, 뭐든지 해보고 깨닫는 삶을 살게 됐다. 나를 알고 만드는 삶, 도전하는 삶은 결국 이 책까지 쓰게 만들었다. 도전으로 좋은 결과만을 낸 것은 아니지만, 조금씩 나아지고 있다는 것은 확실하다.

미래의 어느 날, 문득 오늘을 생각할 나를 위해 이 글을 쓴다.

4-3 지금, 여기 나의 삶 글빛현주

모든 결과엔 원인이 있다. 원하는 결과를 얻으려면 그에 맞는 원인이 있어야 한다. 2022년 10월, 책 쓰기 무료 특강을 들었다. 덕분에 글을 쓰기 시작했고, 작가가 되었다. 2023년 공저 다섯 권, 전자책 두 권을 출간했다. 열 달 만에 이루어 낸 결과. 꿈에도 생각하지 못했던 결과였다. 신기했다. 사람이 갑자기 변하면 죽는다는데, 이게 무슨 일인가. 과거의 나였다면 무료 특강도 신청하지 않았을 거다. 해보자고 마음먹고 도전한 일, 원하는 결과를 얻는 것. 운도 내가 만드는 것을 깨달았다.

2016년 6월 독서 모임을 시작하면서 글 쓰고 싶다고 생각했다. 책을 읽어도 단 한 줄, 글 쓰지 않았다. 당연히 글엔 자신 없었다. 글 쓸 기회도 없었고, 글 쓰는 방법도 몰랐다. '작가가 되고 싶다.'는 지극히 단순한 바람이었다.

2018년, 인터넷에 공저자 모집한다는 안내 글을 봤다. 앞뒤 가릴 것 없이 바로 신청했다. 책의 주제는 '나의 꿈, 버킷리스트'에 대한 글을 쓰는 것이었다. 말이 되든, 안 되든지 생각나는 대로 그냥 썼다. 혼자 쓰는 게 아니니까. 오십 명이 함께 쓰는 책이니까. 딱 한 꼭지만 쓰면 되니까. 없던 용기도 생겼다. 그때 썼던 내 글의 제목이 '내 이름으로 된 책 쓰기'였다. 한 꼭지쯤이야, 우습게 생각했다. 그런데 써 보니 어려웠다. 제대로 된 퇴고도 없이 그대로 출간됐다. 나는 글을 쓸 수 없는 사람이라고 단정했다.

한동안 멈칫했던 작가의 꿈, 2022년 또다시 올라왔다. 체계적인 공부가 필요하다고 생각해 네이버에 글쓰기, 책 쓰기, 작가 되기, 내 책 출간하기를 검색했다. 마치 내가 검색할 줄 알고 미리 준비된 정보처럼 줄줄이 눈에 보였다. 세상에, 이렇게 많은 글쓰기, 책 쓰기 강의가 있었다니. 블로그 글을 읽어보면 다들 입을 맞춘 것처럼 쓰면 책이 된다고 말하고 있었다.

'과연 내 글이 책이 될 수 있을까?' 지난번과 같은 경험을 하면 어쩌나 자신이 없었다.

9월, 한 블로그에서 '이은대 자이언트 북 컨설팅' 책 쓰기 무료 특강 안내를 봤다. 무료라고 하니 어디 한 번 들어나 보자는 생각으로 신청했다. 10월, 11월 연달아 두 번의 특강을 들었다. 생각이 많아졌다. 여기서 멈추면 후회하겠구나. 무언가에 홀린 듯 정규과정 신청서를 제출했다. 12월 자이언트 북 컨설팅 책 쓰기 정규과정 입과 했다.

누구나 다 알고 있는 '시작이 반'이란 말. 쓰면서 깨달았다. 시작은 반이 아니다. 시작은 전부다. 좋은 기회가 눈앞에 있어도 내가 움켜잡지 않으면 흘러가는 물이다. 생각이 바뀌지 않으면 행동이 바뀌지 않는 것처럼 내가 선택한 대로 결과가 나온다는 것. 선택에 대한 책임이 있다는 것을 비로소 인정했다.

처음 쓰는 글, 욕심이 생겼다. 시작을 안 했다면 모를까 이왕에 쓴다고 마음먹었으니 잘 쓰고 싶었다. 자이언트 북 컨설팅에서 글쓰기 공부하는 다른 작가들의 출간 소식이 들릴 때마다 부러웠다. 나도 교보문고에서 내가 쓴 책을 만나고 싶었다. 어쩌면 나도 할 수 있을 거라는 생각을 했다. 자이언트 북 컨설팅에서도 공저 작가를 모집했다. 뒤도 안 보고 바로 신청했다.

책을 읽기 위해 독서 모임에 참여한 것처럼 글쓰기도 지속하려면 나만의 장치가 필요했다. 쓰는 환경을 만들어야 했다. 참여자가 정해지고 공저 8기로 글을 쓰기 시작했다. 두근거렸다. 오리엔테이션에 참석해 설명을 들었다. 짧은 기간 동안 집중해 결과를 만들어 내야 했다. 다른 작가에게 피해를 주면 안 된다. 어떻게든 일정을 맞추자. 모든 신경이 '공저'에 집중됐다.

초등학교 방학 때 일과표를 작성하곤 처음이었다. 원하는 목표, 날짜를 쓰고 일정을 세분화했다. 탁상용 다이어리에 별표를 하고 손으로 하나하나 썼다. 절반은 이룬 것 같았다. 고층 건물을 짓기 위한 기초공사, 기초가 흔들리면 삶이 흔들린다. 원하는 목표를 이루기 위해 오늘 할 일을 정하고 메모했다. 한가지씩 해낼 때마다 뿌듯했다.

긍정적인 말로 응원했다. 친구와 대화를 나누듯 중얼거렸다. 혼잣말하며 웃는 모습, 누군가 봤다면 정신 나간 사람처럼 보였을 거다. 나와 친해지니 마음도 편했다.

사람 안 변한다, 변하면 죽는다는 말, 많이 한다. 나도 그랬다. 그만큼 변하는 게 어렵다는 뜻인데, 말 그대로 믿었다. 내가 직접 경험해 보니 사람은 누구나 변할 수 있다. 미루지 말고 마음먹은 대로 '즉시' 행동한다면 충분히 달라질 수 있다는 걸 알았다.

2023년 9월 박사과정 마지막 학기가 시작됐다. 오랜만에 만나는 동기들 반가웠다. 웃으며 인사 나누고 여느 때처럼 자리에 앉아 책을 펼쳤다. 수업이 시작됐다. 서너 명, 소그룹으로 모여 짧고 간단한 프로그램을 진행했다. 5분 동안 아무 말 없이 서로의 눈을 지그시 바라봤다. 상대에게 느껴지는 에너지와 상대방을 보며 느낀 감정을 그대로 이야기하는 시간, 어떤 말을 듣게 될지 궁금했다.

"현주 선생님, 무척 행복해 보여요. 표정과 눈빛에서 자신감도 느껴지고, 당당해 보여요."

모두 비슷한 말을 했다. 달라져 보인다는 말, 미소를 지으며 작게 고개를 끄덕였다.

사람은 관계 속에서 행복, 기쁨, 슬픔, 만족감 등 다양한 감정을 느끼고 배운다. '인생 공부, 사람 공부' 요즘 자주 하는 말이다. 그만큼 관계가 중요하다고 느꼈다. 그 중 '나와 나'의 관계가 가장 중요하다고 생각한다. 나를 이해하고 인정하면서부터 내가 변하고 성장했다. 그런 변화는 삶에도 나타났다.

죽기 전에 이루고 싶은 버킷리스트, 꿈과 목표를 세웠다. 꿈을 이루기 위해 구체적인 방법을 찾아 하나씩 실천하고 있다. 나의 선택과 결정에 책임이 있다는 것을 인정하는 것도 변화의 시작이었다.

모든 결과에는 원인이 있다. 지금의 내 모습 모두 본인의 책임이라는 말 피하고 싶었다. 하지만 그 말이 옳았다. 이제는 어떤 삶의 태도를 가져야 하는지 안다. 알았으니 그대로 행동하면 되는 거다.

'원하는 것을, 원하는 만큼, 원하는 때에 할 수 있는. 나만의 성공 기준'

다른 사람의 기준과 평가에 연연해하지 말고 내가 정한 기준에 충실할 것. 새로운 시작. 매일 설렌다.

4-4 내 일상을 프로답게

김나라

내 일상에 프로가 되자는 마음으로 살아가려 한다. 주체적인 삶을 이어가는 것이다. 자기 계발 시간은 육아 중심이었던 나의 일상을 조금씩 바꾸어 왔다. 매일 어떻게 보내야 할지 생각하는 시간은 더 나은 오늘을 만들었다. 내게 주어진 하루는 나다움으로 채워져 갔다. 어떤 상황도 배움의 기회였다. 그러니 무엇이 더 맞을지 고민하기보다 내 결정을 믿었다. 타인의 말에 귀 기울이는 대신, 직접 경험해보려 노력했다. 누군가에게 시시콜콜 말하며 내가 잘하고 있는지 확인받기를 멈췄다. 일기를 통해 나에게서 답을 찾았다. 육아에 자기 계발, 그리고 복직까지…. 4년의 과정을 되돌아본다. 나를 가장 잘 알아야 할 사람은 나였다. 매 순간 정답, 다 알 순 없었다. 그러나 흔들리지 않은 삶은 나에게 귀 기울이는 일상의 작은 시도로부터 시작되었다. 그리고 그 과정을 반복하며 정한 나만의 네 가지 기준을 일상에 적용하며 살아간다.

첫째, 다이어리를 통해 시간 관리한다. 1년 365일 빈 페이지 없이 다이어리 채워 간다. 실행한 일과 그렇지 못한 계획을 매일 확인하고 있다. 성장하는 삶이 담긴 과정이다. 마음처럼 모든 계획이 실행으로 옮겨지는 건 아니었다. 할 일 빼곡히 적어보았다. 해야 할 일에 압박이 느껴졌다. 그럴 때면 사소한 일 몇 가지만을 기록해 작은 성공의 성취를 즐겼다. 중요한 몇 가지 일만 적어보기도 했다. 우선순위를 매겨 보기도 한다. 이런저런 시도 끝에 나에게 맞는 하루 계획을 세워 시간을 관리할 수 있게 되었다. 그 결과 다음 날을 미리 계획하는 좋은 습관이 생겼다. 당일 아침이 되어서야 일정을 짜는 일과 하루 전 미리 계획하는 일은 차이가 있었다. 그날그날 정하는 일과는 내 컨디션에 따라 달라졌다. 몸이 피곤한 날이면 평소보다 느슨해졌다. 그마저 계획 세우기에 긴 시간이 걸리는 단점이 있었다. 잠들기 전 독서 등을 켜고 침대에 앉아 내일을 설계한다. 다음 날, 눈을 뜨자마자 무얼 먼저 해야 할지 고민하지 않아도 된다. 컨디션 좋지 않더라도 주어진 일을 해내는 실행력도 높아졌다. 나의 일 수행 능력이 어느 정도 인지 파악할 수도 있었다. 다 하지 못하는 날에는 다음 날 목표치를 더 낮추었다. 언젠가 읽어본 김경일 교수의 〈이끌지 말고 따르게 하라〉 책에서 읽은 내용도 일상에 적용했다. 일의 시작과 마감을 정했다. 한 가지 일에 걸리는 시간을 짐작하고, 우선순위 체크 하여 행동으로 옮겼다. 오로지 내게 최적인 성장 기록이자 루틴이 되어준다. 매일 똑같이 주어진 24시간, 4년 전과 다르다. 하루를 선명하게 바꿔 오늘을 살아간다.

둘째, 꾸준하기를 결단했다. 2024년의 목표는 꾸준함이다. 해 보자고 마음먹은 일 포기하지 않는 것이다. 일과 육아, 자기 계발의 일상에서 흔들리는 때가 많았다. 이것저것 빠르고 쉬운 방법을 얻으려 여기저기 수강료 냈다. 결과가 잘 보이지 않을 때면 다른 제안에 솔깃했다. 어러 번 해 보지 않고, 쉽게 판단했다. 내가 이어온 배움은 그럴듯하게만 보이는 듯했다. 아는 건 많지만 정작 내 것은 무엇인지 찾기 어려웠다. 나만의 성장을 선명하게 만들어보고 싶었다. 육아와 일, 자기 계발 모두 다 해내는 엄마가 될 수 있다고 믿었다. 세 가지 일, 속도보다 균형을 맞춰 살아가고 싶었다. 결단하고 선언했던 일들을 일상에 묻어나도록 반복한다. 지금 부족하더라도 10년 이어간다 생각하면 비교할 수 없을 만큼 성장할 거라 믿었다. 꾸준함을 이어가기 위해 긍정적인 마음과 용기도 잃지 않으려 한다. 밤송이 안에 밤을 꺼내기로 마음먹었다면, 가시에 찔릴 용기도 필요하다는 말을 기억한다. 오늘도 일상에 나다운 꾸준함으로 살아간다.

셋째, 무엇이든 메모하고 기록하기로 했다. 1년 전 블로그를 통해 엄마 성장에 관한 글을 올렸다. 육아와 자기 계발 주간 일상 기록 되돌아본다. 건강, 운동, 글쓰기, 육아, 요리, 독서, 여행 등을 사진에 담았다. 일상을 즐기며 보내는 마음 고스란히 느껴졌다. 5년 동안 매일 하나의 질문에 답을 쓰는 5년 다이어리도 펼쳐본다. 3가지 감사도 함께 적혀 있다. 아이와 함께 성장하는 하루를 보낼 수 있다는 것, 미라클 모닝을 하며 매일 기대되는 하루에 감사하다는 기록이다. 되돌아보니 기록은 나의 가장 큰 자산이었다. 내 하루를 글로 잇는 것은 일상에 의미를 더하는 가장 쉬운 방법이었다. 컴퓨터 책상 위에는 필사 노트, 계획 다이어리, 메모장, 2자루의 펜이 놓여 있다. 나에겐 이미 일상이다. 더 나은 삶을 기록하기 위해 무엇이든 적어본다.

넷째, 공동체의 힘을 믿는다. 누구나 관심 분야가 있다. 책을 내고 싶었다. 노트에만 적던 내 이야기를 세상에 꺼낼 수 있는 기회는 선한 영향력이 되는 이들로부터 얻을 수 있었다. 2023년 글빛 백작 책쓰기 전문 특강에 입과 했다. 같은 방향으로 나아가고자 하는 이들과 삶의 일부를 나누며 함께한다. 혼자라면 알지 못했을 가치를 배울 수 있다. 꿈을 위해 서로 응원 주고받으며 살아갈 수 있음에 감사한다. 시간 없어 미루거나 멀게만 느껴졌던 작가라는 이름, 함께라는 힘으로 이뤄나가고 있다. 나에겐 꿈 어른이 필요했다. 매주 특강뿐만 아니라 매일 삶과 글이 이어짐을 보여주시는 두 분의 코치님, 따뜻한 울타리가 되어주시는 작가님들께 감사함 잊지 않는다.

일과 육아, 자기 계발은 나에게 있어 어느 것 하나 놓고 싶지 않았다. 늘 고민하고 흔들렸다. 다 해내려는 게 욕심은 아닐지 생각했다. 하나를 더하면 하나를 빼야 한다는 압박감에 시달렸다. 바쁘다는 말을 입에 달고 살았다. 그러나 최선을 다했다고 자신 있게 말할 순 없었다. 바쁜 게 최선은 아니었다. 일상이 흔들릴 때면 네 가지를 되돌아본다. 나만의 기준으로 부족한 부분 채운다. 내게 주어진 시간을 관리하고, 하고자 하는 일의 과정을 꾸준히 기록한다. 그리고 함께라는 힘을 믿는다면 누구나 일상에 흔들리지 않는 프로가 될 수 있다. 오늘도 내일이 기대되는 내 삶이라 좋다.

4-5 나를 드러내는 사람이 되다

백란현

'신용불량자'였다. 책을 쓰면 돈이 될 것 같았다. 〈자이언트 북 컨설팅〉에 평생회원으로 등록했다. 라이팅 코치로서 《쓰면 달라진다》를 집필할 때 초고가 써지지 않았다. 썼다, 지웠다 겉만 맴돌았다. 코치로서 본보기가 되도록 잘 써야 한다는 부담감이 있었다. '신용불량자'였던 사실을 쓰지 않으면 작가 삶 '시작'을 설명하기 어려웠다.

초보 작가. 글에 '나'를 드러내기 어렵다. 개인 저서, 공저, 전자책 골고루 출간하고 있지만 아직도 어느 부분까지 내 생활을 꺼내야 하는지에 관해서는 여전히 고민하고 있다. 초고 진도가 나가지 않을 때 막혔다는 표현도 쓴다. 이삼일 내에 뚫지 않으면 해당 목차는 출간에서 멀어지는 경험도 했다.

'신용불량자였고 8년간 상환했다. 현금으로만 생활했다.' 이러한 내용을 내가 독자로서 책에서 읽는다면 나는 어떻게 반응할까 상상해보았다. 비웃을까? 용기를 얻을까? 후자를 선택했다. 한 명이라도 내 글을 읽고 공감과 위로를 얻는다면 작가로서 쓰길 잘했다고 느낄 터다. 월급 받는 내가 경제 힘들다고 말하면 더 힘들게 사는 이웃 앞에서 '죽는 소리하네' 같은 소리를 들을까 봐 눈치를 봤다. 눈치는 아무런 도움이 되지 않았다. 하나를 숨기면 둘도 셋도 드러내지 못한다. 실수담, 건강 상태 등 솔직한 글을 쓰는 게 작가로서도 마음이 가볍다는 점 《쓰면 달라진다》통해 경험했다. 나를 드러낸 이야기는 강의 소재도 되었고 [글빛백작] 책 쓰기 전문과정 평생회원을 만나는 계기도 되었다. 돕는 마음이 통했다는 점이 가장 기뻤다.

나의 경험을 드러낸 이야기를 통해 수강생이 작가 되겠다고 결심하고 책을 쓴다면 이보다 더 큰 성공은 없다. 다른 사람이 눈치를 주는 것도 아닌데 미리 짐작해서 생각하고 단정 짓고 걱정하는 일 따위는 접어두기로 했다. 나를 드러냄으로써 독자를 공감하고 위로하는 작가가 되기로 마음먹고 실천 중이다. 나부터 챙기기로 하고 내 삶에 집중한 결과다. 그렇다면 글 쓰는 목적에 맞도록 나를 드러내기 위해 어떻게 자신의 마음을 다스려야 할까. 아래 세 가지 내용을 기억하기로 했다.

첫째, 다른 사람은 내 인생에 관심이 없으므로 나를 드러내면 마음이 가볍다. 둘째, 상대방의 어려움에 대해 비난하는 사람보다는 용기를 얻는 사람이 많다. 셋째, 나를 드러내다 보니 다른 사람을 위하는 교사 작가가 되어가는 중이다.

첫째, 다른 사람은 내 인생에 관심이 없다. 내가 돈이 없어서 생활이 힘들다거나 학부모와의 갈등으로 고민과 걱정을 하더라도 사람들은 나의 문제와 관계없이 각자의 인생을 살아간다. 자기 자신에게 유익한 정보에만 관심이 있다. 《쓰면 달라진다》에서 경제 어려웠다는 말을 쓴 내용에 대해서 선배 작가들이 나를 응원해 줄 뿐 주변 선생님, 학생, 학부모는 내 사정을 잘 모른다. 내 이야기를 책에 쓴 덕분에 마음 가벼워졌다. 책에 쓴 내용으로 교사 대상 책 쓰기 연수나, 블로그 이웃 대상 책 쓰기 무료 특강에 마음껏 얘기한다. 신용회복위원회쯤이야 쉽게 꺼낸다. 모 작가는 나에게 상담을 요청했다. 본인 빚이 어느 정도인데 신용회복위원회 접수 절차가 어떻게 되느냐 물어왔다. 방법을 의논할 수 있는 카운슬러가 되었다. 경제적 어려움이 글감이 아니라 부끄러운 일이라고 여겼다면 12년 동안이나 임대 아파트에 살았는지 설명하기 어렵다. 상세히 대답할 의무도 없지만 괜한 자존심에 둘러댈 내용만 찾았을 것 같다. 나를 글에 드러냈더니 마음 가벼워졌다. 돌이켜보면 임대 아파트는 '신용불량자' 생활에서 감사한 환경이었다.

둘째, 상대방의 어려움에 대해 비난하는 사람보다는 용기를 얻는 사람이 많다. 저자 특강, 책 쓰기 특강에서 그동안 살아오면서 고생했던 이야기를 풀어낸 적이 있다. 글을 쓰기 시작하면서 내 삶을 바라보는 관점이 바뀌었다. 불쌍하다기보다는 잘 살아왔다는 쪽으로 해석하게 되었다. 내 이야기를 통해 독자들이 '글쓰기'에 용기를 냈으면 했다. 스무 살에 공장에서 3교대 일했던 이야기나 세 자매 육아 이야기 등 고난으로 여겼던 내용을 풀어냈을 때 다른 사람도 자신의 이야기를 꺼낼 수 있는 용기를 얻었다고 했다. 내 이야기도 누군가를 세워 줄 수 있는 재료가 된다는 사실, 지금 생각하면 돈으로 환산할 수 없는 가치다.

셋째, 나를 드러냈더니 진심으로 다른 사람을 위하는 교사 작가가 되어가고 있다. 학생을 위하는 마음은 의무였다. 지금은 학생이 나를 담임으로 만나 읽고 쓰는 삶으로 성장하기를 원한다. 2024학년도를 시작하면서 1학년을 맡았다. 2학년부터 6학년까지는 이전 학년에서 반 편성을 해주는 편이지만 신입생은 올해 담임이 반을 나눈다. 세 개 학반 중에서 어느 반을 맡을지 의논했다. 학생 중에는 도움의 손길이 더 필요한 때도 있었다. 내가 먼저 뽑았다. 도움을 더 주어야 하는 학생이 있는 반을. 입학식부터 시작하여 첫 주를 보내고 나서 다행이다 생각했다. 학교와 집이 가깝다. 현재 아기를 키우고 있는 것도 아니다. 다른 반 선생님들보다 마음의 여유가 있을 터. 우리 반을 잘 골랐다는 생각이 든다. 고작 5일 가르쳐 보고 결론 짓기엔 성급하긴 하지만 말이다. 다른 선생님도 베테랑이고 잘 가르치지만, 이왕이면 손길이 많이 가는 학생들을 내가 맡았다는 점에 뿌듯하기도 했다.

과거에는 다른 사람 먼저 챙기느라 억지로 양보했다. 사람 좋다는 소리도 듣고 싶어서 싫은 내색 하지 못했었다. 이제는 마음에서 우러나 상대방을 위하는 행동을 한다. 그리고 내 마음도 평화로워진다. 읽고 쓰면서 단단하게 성장하는 중이다.

아무도 내 인생에 왈가왈부할 수 없다. 내 인생은 내 것이기 때문이다. 나를 드러낸 후 강의, 집필, 대화, 상담 모든 영역에서 다른 사람에게 도움을 줄 수 있는 코치가 되었다. 내 이야기를 글로 쓴 덕분이다. 다른 사람의 성장을 응원할 수 있는 선생님이자 작가로 살아간다. 남 눈치 보면서 다른 사람 먼저 챙기지 않는다. 나도 기쁘고 다른 사람도 마음 편안하게 만들기 위해 남을 챙긴다.

있는 그대로 내 삶을 드러내고 다른 사람을 위해 마음을 쓰면서도 나를 챙긴다. 당당하고 단단한 작가라서 삶이 가볍다.

4-6 기대되는 하루하루 소유

나는 장녀, 맏딸, 살림 밑천 이런 단어들을 싫어한다. 그냥 나는 먼저 태어난 첫째일 뿐이다. 어린아이가 어른들이 할 일을 대신할 수는 없다. 어린아이에게 당연한 듯 책임감을 갖게 하는 그런 단어들이 사라졌으면 한다. 누구에게나 하고 싶은 것이 있고, 못하게 됐을 때는 좌절감을 느낀다. 그렇지만 포기하지 않는다면 언젠가는 우연히 기회가 오고 기회를 잡는다면 삶은 달라질 수 있다.

나의 어린 시절을 떠올리면 가슴이 아프다. 조용히 거슬리지 않고, 말을 잘 들을 때만 혼나지 않았다. 있는지 없는지 모르게 눈에 띄지 않는 조용한 아이가 되어갔다. 학교에서는 뭐든 잘했지만, 가족이 우선이었기에 꿈을 갖는 것은 사치였다. 초혼에 실패했고, 가족에게 외면당하고, 네가 한 게 뭐가 있냐며 핀잔만 듣고 아무도 내 얘기를 들어주지 않던 시절이었기 때문이다. 생각해 보면 날 위해서 한 것이 없었다. 도움을 요청하지도 않았고, 꿈을 이루겠다고 노력하지도 않았다. 그렇게 어른들 말을 잘 듣기만 했다.

오랜 시간 거의 평생을 행복해지고 싶다고 생각했는데 돌아보면 어려운 일도 아니었고, 할 수 없는 일도 아니었다. 지금은 재혼해서 행복하게 살고 있고, 귀엽고 까칠한 반려견도 함께 있다. 박사과정도 마지막 학기를 남겨두고 있고, 가족 상담 치료학과여서 사람의 심리나 다른 사람들의 삶과 여정을 볼 수 있는 기회도 많다. 심리상담사로서 나처럼 자신을 찾지 못하고 힘들어하는 사람들에게 도움을 줄 수 있다. 그리고 그 일을 하면서 누군가에게 도움이 된다는 것에서 보람을 느끼고 내가 해낸 것에 대해 대견하다는 생각도 든다. 내가 요즘 자주 듣는 얘기는

"여리게 보이는데 포기하지 않고 여기까지 왔어요?"

"지원도 없이 어떻게 혼자 해냈어요?"

이다. 그런 말을 들을 때마다 내가 알고 있는 것보다 나는 '강한 사람'이라는 생각이 든다. 나약해져서 포기하고 싶어질 때 그 말들을 떠올리며 허리춤에 손을 올리고 원더우먼 자세를 하면 다시 에너지가 생기는 것 같다.

재혼 생활 초기 남편과 힘든 기 싸움을 할 때 일기를 썼다. 당시엔 내가 감당할 수 없는 상황이고 너무 다른 성향이란 생각이 들었고 포기하고 싶었다. 하지만 기록한 것들을 읽어보면서 조금씩 상황과 성향이 파악되고 시간이 지나 남편과 화해하고 나면 하나씩 하나씩 해결된 것처럼 자존감도 생기고 상대방을 이해할 수 있게 되었다. 점점 가까워졌고, 보이지는 않지만, 감정적으로 연결되어 있다고 느꼈다. 결혼이 책임져야 하는 짐이 늘어난 것이라고 느끼며 자포자기했던 과거와는 다

르게 지금은 나의 영역이 넓어졌다고 생각한다. 재혼한 지 1년이 넘었다. 치열하게 싸우기도 하고, 화해도 하면서 1년이 지나갔는데 서로 맞춰가는 과정이었던 것 같다. 처음에는 남편이 화낼 때 말하지 않고 조용히 그림자처럼 피하기만 했다. 말 잘 듣는 어린아이처럼 어른들에게 거슬리지 않으려는 것처럼 말이다. 남편은 그런 나를 답답해했고, 내가 반응이 없자 점점 더 나를 자극했다. 표현하지 못했던 나는 억울함과 분노가 쌓였고, 구토하며 응급실에 다녀오기를 반복했다. 어린 시절에 했던 방법으로 남편에게 반응했고, 해결되지는 않고 서로 오해가 깊어졌다. 남편이 답답함을 못 참고 매우 화낼 때 나는 그동안 쌓였던 불만을 한 번에 얘기했다. 그때 기록해 두었던 일기가 있어서 남편이 했던 말들 내가 서운했던 이유에 대해서 정확히 말할 수가 있었다. 일기가 아니었다면 서로 오해와 불만만 쌓였고 정확히 무엇 때문이었는지 기억하지 못했거나 왜곡했을 가능성이 있다. 나는 어린 시절처럼 혼자만 참아내지 않고, 주변에 지원병들을 만들어 활용했다. 예를 들면, 가깝게 지내는 이웃 부부에게 고민을 털어놓았다. 가까운 곳에 있는 심리상담소를 찾아갔고, 그곳 소장님과 소통하면서 감정을 털어놓고 객관적인 조언을 듣기도 했다. 혼자 감당하다가 지쳐버렸던 예전과 달라진 점이다. 문제를 해결하기 위해 도움을 받을 수 있도록 요청할 힘이 생겼다. 그렇게 남편에게 휘둘리지 않고 나를 지킬 수 있었다. 그런데 크게 싸우고 나면 더 애틋해진다. 그 이유는 싸울 때마다 감정이 해소되고, 새로운 감정이 찾아오기 때문인 것 같다. 어릴 때는 거의 복종, 순응했고, 무서웠기 때문에 대들 용기조차 없었다. 남편에게 나를 드러내고 하고 싶은 말을 다 해도 관계가 악화하지 않았다. 그동안 오해했던 것들이 풀리고 긍정적인 에너지가 커진다는 것을 새롭게 배울 수 있었다. 기 싸움은 거의 끝났고 서로를 이해하고 양보하며 가정은 안정되고 있다.

'만약, 어린 시절 부모님에게 내가 하고 싶은 말을 다 했다면 어땠을까?'

'지금 나는 어떤 사람이 되어 있을까?'

'나은 사람이 되어 있을까?'

'쉽게 내가 원하는 것을 찾아 이뤘을까?'

'훌륭한 사람이 되었을까?'

'고생 안 하고 꽃길만 걷고 있을까?'

얼마 전까지도 이런 생각들을 하며 부모님을 원망했지만, 지금은 그냥 상상만 해본다. 당당하게 할 말을 하는 현재의 내 모습에 만족한다. 어떤 시련이 와도 해결할 수 있다는 자신감과 용기가 생긴 것 같다. 하루하루가 새롭고 무엇을 할지 설렌다. 기록한 것을 훑어보며, 나의 삶의 여정이 뿌듯하고 새로운 경험을 하고 있을, 앞으로의 내가 기대된다.

4-7 감사는 축복이다

송기홍

감사는 축복의 통로다. 나는 심리상담사이면서 또한 30년 차 목사다. 지금 섬기는 교회는 10년 전에 부임한 작은 농촌 교회로 전원 같은 교회다. 저 멀리 금강하구둑이 보이고, 주변에는 넓은 들판이 펼쳐있다. 뒤편으로는 소나무가 빼곡히 들어선 야트막한 산이 있다. 여름엔 반딧불이가 춤추고, 아침이면 새들의 노래가 하루의 시작을 알린다. 봄이 오면 곳곳에 새싹들이 피어오르고, 예쁘게 피어난 이름 모를 꽃들이 반갑게 인사를 한다. 국립생태원 근처라서 생태 보존지역인 이곳은 4계절의 변화를 온몸으로 느낄 수 있는 곳이다. 우렁이 농법으로 재배한 친환경 쌀인 '서래야 쌀'을 생산하는 주산지이기도 하다.

내게도 죽고 싶을 만큼 힘든 날도 있었다. 그러나 지금은 매일 감사하며 살고 있다. 나도 행복하고 주위를 행복하게 만드는 삶을 살고 있다. 연세가 많으신 어르신들은 웃을 일이 없는지 좀처럼 웃지 않으신다. 그 어르신들에게 웃음을 드리고 싶었다. 웃음치료사 자격증을 취득하고, 실버레크레이션지도사, 풍선아트지도사, 노인여가활동지도사, 요양보호사 같은 자격증을 취득하며 주변에 있는 마을회관을 찾아갔다. 어린 시절을 회상할 수 있는 동요를 함께 부르고, 손뼉도 치며, 율동도 했다. 이런 시간을 어르신들은 반기셨고, 즐거워하셨다. 코로나19

가 생기기 전에는 3~4년 정도 마을회관을 방문하며 어르신들을 섬겼다. 손뼉 치며 노래 부르는 것을 어르신들은 좋아하셨다. 동요를 부르며 어린 시절의 옛날이야기를 나누다가 함께 울고 함께 웃었다. 어린 시절의 이야기를 나누며 그 시절로 돌아간 듯 수줍어하신다. 마을회관을 떠나올 때는 어르신들의 건강과 자녀들을 위해서 기도해 드렸다. 교회를 다니지 않는 어르신들도 기도가 끝날 때 '아멘'이라고 화답하셨다. 교회는 다니지 않으셔도 기도가 마치면 '아멘'이라 하는 것은 다들 아셨다. 한번은 이런 일도 있었다. 마을회관에 갔는데 어느 할머니가 자기를 위해 기도해 달라는 것이다. 그분은 교회도 다니지 않는 분이셨는데, 목사에게 기도를 부탁한 것이다. 그래서 "무엇을 위해 기도해 드릴까요?" 하고 여쭤보니, "이제는 늙고 살 만큼 살았으니 고통 없이 빨리 죽을 수 있게 기도해 달라는 것"이었다. 당시 그 어르신은 혼자 사시면서 많이 외롭고 힘드셨던 것 같다. 그분이 바라는 대로 기도해 드릴 수는 없었지만, 그일 이후로 많은 생각을 하게 됐다. 차라리 빨리 죽고 싶어 하는 어르신들을 어떻게 도울 수 있을까? 죽어서 가는 천국도 좋지만, 이 땅에 사는 동안에도 행복하게 살면 얼마나 좋을까? 나는 이 교회를 부임하면서 교회의 표어를 '천국 같은 교회'라고 정했었다. 교회가 '죽어서 가는 천국만 가르치는 곳이 아니라, 교회는 천국을 맛보게 하는 곳이어야 한다'라는 생각에서였다. 죽어야만 가는 천국이 아니라 이 땅에 사는 동안에도 천국과 같은 행복한 삶을 사는 것을 목표로 했다. 이 땅에서 사는 동안 교회와 가정에서만이라도 천국과 같은 삶을 살아야 한다고 생각했다. 가정과 교회가 완벽한 천국일 수는 없다. 그러나 모든 사람에게 가정과 교회는 천국과 안식처가 되어야 한다. 이것이 내가 갖고 있던 생각이었다. 다른 곳에서 아무리 힘들었어도 자기가 다니는 교회에서나 또 자기 집에서는 행복해야 한다. 그것이 내가 바라는 작은 천국의 모습이다. 힘들게 보냈던 과거는 추억으로 묻어두고, 과거보다 나은 오늘을 살고, 오늘보다 나은 내일을 꿈꾸며 살아가는 사람이 행복한 사람이다. 이런 삶을 살아가는 사람은 행복하다고 느낄 것이고, 감사할 것이다. 감사는 또 다른 기쁨을 줄 것이다.

상담 현장에서 만났던 내담자에게 귀를 기울이고 경청하고 공감해 주는 것으로 그들이 새로운 삶을 살게 된 것을 보았다. 교회와 마을에서 만나는 어르신들도 빨리 죽고 싶다고 말하던 분들이 행복하게 웃는 모습을 보았다. 행복은 멀리 있는 것이 아니다. 다른 사람에게 피해를 주지 않는다면 하고 싶은 일을 맘껏 해보는 것이다. 취미 활동도 하고, 여행도 다니고, 맛집에 가서 맛있는 음식을 먹는 것이 행복이다. 우리는 건강 검진할 때마다 운동해야 한다는 이야기를 듣는다. 운동해서 건강을 유지하는 것도 행복을 만드는 비결일 것이다. 나는 요즘에는 탁구를 배우기 시작했다. 아직은 초보지만 운동하면서 땀을 흘리고 즐겁게 운동하다 보면 행복하다. 어린 시절에는 학교 운동장에서 놀다가 부모님이 부르면 달려가던 그때를 생각하면 지금은 누구의 눈치도 보지 않고 운동할 수 있어서 행복하다. 산을 오르고 싶으면 산에 오르고, 바닷가에 가고 싶으면 바닷가에 나갈 수 있어서 행복하다. 어린 시절 우리 집에 손수레 하나 샀던 것으로도 좋아서 빈 손수레 끌고 골목길을 뛰어다녔는데, 이제는 자동차가 있어서 어디든 갈 수 있으니 이것도 행복이라면 행복이다. 누구나 힘든 시기는 있다. 그 시기를 잘 지내면 행복한 시간은 반드시 온다. 고진감래(苦盡甘來)라는 말은 그날을 꿈꾸는 자라면 누구에게나 현실이 될 수 있다. 힘든 시간을 보내는 사람에게도 그 순간을 견뎌 내도록 웃음을 드리고 싶다. 어린 시절에 항상 눈치 보며 살았고, 어떤 때는 죽을 만큼 힘든 날들이 있었지만, 지금은 그 과거의 상처조차도 감사하며 살고 있다. 행복한 오늘을 허락하신 하나님께 감사하고, 사랑하는 가족이 있어서 감사하다. 함께할 교회 사람들이 있고 이웃이 있어서 감사하다. 감사가 회복되니 주위를 돌아볼 수 있는 여유가 생겼다. 어르신들과 행복한 시간을 갖기 위해 그동안 여러 가지 행사를 기획하고 시행했었다. 교회에서는 '어르신 여름성경학교'를 열었다. 손뼉 치며 노래하고, 그림도 그리고, 게임도 하고, 춤도 추면서 같이 웃었다. 어르신들과 함께 '체육대회'도 했다. 어르신들의 연세에 맞는 종목들을 개발하여 위험하지 않은 종목으로 체육대회를 열었다. 관광버스를 대절하여 여행도 다녀왔다. 어떤 때는 교인들과 함께 찜질방에도 갔다. 찜질방에 가서 단체로 양 머리(수건으로 양 머리 모양을 만들어 머리에 얹는 것)를 했다. 태어나서 처음 해보는 것이라 어색하다 하면서도 모두 좋아하신다. 연세가 많으신 어르신들도 어린아이처럼 환하게 웃는 모습이 천사 같으시다. 감사의 언어를 다시 회복하고 있다. 웃음이 살아나고 있다. 그래서 함께 행복하다. 감사는 축복의 통로이며, 행복으로 가는 지름길이다.

4-8 사랑이 이겨 유

육이일

웰빙이 유행하던 시절 40대 중반에 '웰다잉'이라는 세상을 만났다. 처음엔 낯설었다. 웰다잉이 뭐지. 잘 죽는 건가. 지인 아버지 장례식장에 다녀온 일이 생각났다. 돌아가시기 전 밤새 소 울음소리를 내셨다고 했다. 숨이 안 끊겨 고통스러워하는 아버지를 보고 겁이 났다는 지인의 말에 나도 무서웠다. 나이 들면 조용히 죽는 줄 알았는데 예외가 있었다. 이 세상 잘 떠나는 것이 중요하구나. 인생의 끝을 알 수 없지만 누구나 맞이하는 죽음이 궁금했다. 늘 바쁘게 사셨던 부모님도 나이 들수록 하루하루 뭔가 기다리는 것처럼 보였다. 끝을 모르고 만나는 삶과 준비한 삶은 다르다. 남은 인생을 되돌아보고 현재를 잘 사는 것이 웰다잉이고 웰리빙이다. 지금은 웰다잉 강사가 되어 어르신들 삶을 만나고 있다.

강좌명은 다르지만 기관마다 짧게 5회에서 10회 동안 웰다잉 수업을 한다. 어르신들을 만나면 모두 반갑고 부모님 같으시다. 간혹 쉽게 다가오지 못하는 분도 계신다. 꽉 다문 입술과 차가운 눈빛. 지금이야 웃어주고 손잡아 드릴 여유가 있지만 초보 때 그런 분들을 만나면 배가 산으로 갔다.

'그 속에서 놀던 때가 그립습니다'. 손으로 그림 색칠을 하는 시간인데 '고향의 봄' 노래가 나오니 모두 흥얼거렸다. "옛날 생각이 나. 어린 시절로 돌아가 그때를 생각하니 다시 젊어진 것 같아. 혼나던 추억들도 지나고 보니 행복해." 8개월 병원생활에 고생하신 어르신 얼굴은 만남을 거듭할수록 점점 환했다.

30년 넘게 못 본 여동생이 그리운 분, "나이 들수록 돌아가신 엄마 생각이 나. 보고 싶어." 할머니가 되어도 그 안에 살아있는 엄마는 늘 그리운 존재임을 배웠다.

"한창때니 하고 싶은 거 하고 살아. 인생 짧고 어느새 금방 늙어."

70대 후반 어르신들은 대부분 사별을 하셨다. 혼자된 어르신들은 자서전 수업 때 배우자의 죽음을 쓰셨다. 날 좋을 때 3~4일 차이로 갔으면 좋겠다던 남편 말이 생각났다. 내 나이 70대에 혼자 있을 수 있구나. 한 분 한 분 사연을 들으면 웃고 계셔도 어딘가 쓸쓸해 보였다. 어르신들이 웃으면 웃는 모습이 예쁘다고 칭찬했다. 다 늙었는데 아니라고 손사래 쳐도 좋아하셨다.

'연탄재 함부로 발로 차지 마라 너는 누구에게 한 번이라도 뜨거운 사람이었느냐.' 강의를 마치고 나오던 어느 날 안도현의 시 〈연탄재〉가 생각났다. 나이가 들면 단순히 육체만 늙는 게 아니다. 정신도 늙어가고 후회하신다. 이제는 쓸모없는 사람처럼 말씀하신다. 사연은 달라도 어르신들 모두가 누군가의 아버지 어머니이다. 부모는 기다려 주지 않으니 계실 때 잘하라는 말도 잊지 않으셨다. '친정엄마니까!' 당연하게 생각했던 부분을 객관적으로 바라보았다.

늙으신 우리 엄마, 어릴 적 무서운 엄마가 내 신발을 감추는 일은 이제 없다. 친구 집에서 잔다고 혼내는 일은 더더욱 없다. 어릴 적, 등 밀어 주실 때 살갗이 벗겨질 것 같은 무쇠 힘도 사라진 지 오래다.

일주일에 한 번은 부모님을 모시고 동네 수영장에 다녀온다. 10년 뒤에 하지 못할 일을 지금 하고 있다. 두 분이 딸 덕분에 호강한다고 하셨다. 수영장에서 걷기만 하시는 아버지를 위해 누가 빨리 걷나 시합을 하고 물속에서 숨 오래 참기도 한다. 부모님과 나 이대 일의 도전에서 내가 이겼다. 어릴 적 나를 위해 돈을 쓰셨던 것처럼 다음번 입장료는 아버지 몫이다. 다음에 또 하자고 하신다.

내 일만 하기도 바빠 부모님을 바라볼 마음의 여유가 없던 시절, 시집간 딸이 잘 사는 게 효도인 줄 알았다. 별일 없으시냐고 물으면 자식이 걱정할까 봐 잘 지낸다고 하시는 걸 그대로 믿었다. 이 일만 끝나면 찾아가야지 다짐해도 그런 날은 먼저 오지 않았다. 연이어 바쁜 일상이 비집고 들어오고 많이 벌어 효도해야지 하던 욕심도 끝이 없었다. 부모님께 용돈 드리고 전화 안부를 물어도 좋다. 하지만 제일 좋은 건 한 번씩 찾아가 얼굴 보고 눈 마주치고 이야기 나누는 게 필요한 분들이다.

"자주 얼굴 보니 좋다."

친정엄마의 인사처럼 나도 좋다. 더 늦고 후회하기 전에 일주일 하루 오후 시간을 부모님과 함께하니 감사하다. 두 분의 무료한 일상을 활력 있게 해드리는 것 같다.

며칠 전 친한 언니가 전화로 물었다.

"지금 가장 행복한 일은 뭐야?"

대답보다 빠르게 한숨이 나왔다. 글쓰기라고 대답했다. 그래야 쓰고 있는 글쓰기가 마법처럼 잘 될 것 같았다.

"그래? 나는 영민이와 통화하고 있는 지금 이 순간이 행복해."

"………"

잠시 말문이 닫혔다. 전화 받기 전까지 하고 있던 글쓰기 일을 떠올렸는데 언니는 조금 전보다 더 가까운 지금 일을 말했다. 오늘 지금 바로 여기 이 순간을 즐기라고 숱하게 말하던 나였다. 이 순간보다도 조금 전의 일을 고민하거나 아직 오지 않은 일들을 고민하다니. 번쩍 정신이 들었다.

"그럼 나도 바꿀래요, 누워서 통화하니 행복해요."

종일 앉아 있던 나에게 짧지만 쉼을 주는 통화였다.

행복은 언제나 현재진행형이다. 에너지 넘치고 호기심 많은 나를 꾹꾹 눌러 키우셨던 원망은 어느새 사라졌다. 두 분이 할 수 있는 최선이었다는 걸 그땐 몰랐다. 내 나이 50대에 부모님을 더 이해하게 되었다. 그 나이가 되고 그 사람이 되어 봐야 알 수 있다. 첫아이 낳다 죽을뻔하고 밤낮 바뀐 둘째 키우느라 잠 못 자던 숱한 시간들은 부모님에 대한 감사로 바뀌었다. 여전히 오지 않은 내일을 걱정한다. 하지만 삶에 진정한 행복은 타인의 인정과 부러움이 아니다. 자기 자신에게 비롯된다는 것을 깨닫고 작은 것에 감사하는 삶을 살고 있다.

큰딸에게 '엄마' 하면 어떤 생각이 드냐고 물었다.

"밝다. 긍정적이다. 철학적인 질문을 잘한다. 사람들을 편하게 해준다."

아들에게 물으니 누나랑 똑같다고 한다. 한 가지 더 없냐고 물으니

"잔소리를 빙자한 명언 제조기."

어느새 나도 그 옛날 엄마를 닮아 있다.

4-9 보통보다는 특별한 사람 | 조하나

아침 7시, 조용하던 집안이 웅성거리는 소리로 가득 찼다. 눈이 번쩍 떠졌다. 짜증스럽게 느껴졌던 알람을 라디오로 바꿨다. 91.9mhz 즐겨듣는 FM 라디오다. 주말이라 그런지 DJ의 인사 후 바로 음악이 나왔다. 내가 좋아하는 '벚꽃엔딩'이다. 흥얼흥얼 따라 불렀다. 가사를 정확히 몰라도 신나면 됐다. 올해는 꼭 꽃놀이를 갈 생각이다. 꽃놀이 명소를 검색하다 보니 출발할 시간이 되었다. 평소였으면 정장을 꺼내 입었어야 하지만 편한 운동복에 모자를 쓰고 패딩을 입었다. 3월이지만 아직 아침은 쌀쌀하다. 차에 시동을 걸고 얼른 라디오를 다시 켰다. 아직 노랫소리가 나왔다. 자동차 전용도로를 달리면 더 흥이 난다. 이동식 노래방이다. 목청이 터져라 노래를 따라 불렀다. 오른발에 체중을 실어 속도를 내보기도 했다. 창문을 반쯤 열고 시원한 바람도 맞았다. 신호 대기 중에는 박자에 맞춰 핸들을 두드렸다. 한 시간 가량 운전해 학원에 도착했다. 학원 문을 열자마자 꽃내음이 한 가득이다. 대기실에는 살구색 겹장미, 얼굴이 작은 미니 거베라, 물을 먹으면 실크처럼 빛나는 라넌큘러스, 고물 묻힌 경단 같은 폼폼소국, 향이 좋은 유칼립투스가 몇 다발이나 있다. 오늘 수업에 사용될 소재들이다. 붉게 핀 장미 한 송이를 뽑아 들어 향을 맡았다. 3개월 전부터 플로리스트 과정을 배우고 있다. 처음에는 꽃을 다룰 수 없어 버리는 게 반이었다. 이제는 제법 능숙해져 손질을 하고 작품도 만들 수 있게 되었다. 주말을 꼬박 보내는 수업은 힘들었지만 여유로웠다. 수업이 끝나면 남은 꽃은 수강생이 가져갈 수 있다. 매주 진행하는 수업 덕분에 집은 꽃밭이었다. 약속이 있는 날에는 선물을 하기도 했다. 오늘은 미니 부케를 만든다. 모양을 잡고 조심스레 리본을 달고 물 처리를 했다. 올해 처음 만나는 친구와 약속이 있다. 내가 만든 꽃을 선물할 생각을 하니 자꾸 미소가 지어졌다. 약속장소에 도착하니 친구가 보였다. 눈이 마주치자마자 방금 만든 부케를 내밀었다.

"뭐야? 웬 꽃이야?"

"나 요즘 꽃 배우잖아. 너 주려고 가져왔지."

예상하지 못한 선물에 당황하면서도 핸드폰을 꺼내 여러 장의 사진을 찍는다.

"진짜 고마워. 예쁘다. 근데 너 꽃집 차릴 거야? 이거 왜 하는 거야?"

근본의 질문이다. 처음 듣는 말이 아니었다. 그럴 때마다 '글쎄. 혹시 모르지?'라며 웃어 버렸다. 나도 모른다. 앞으로 이 배움을 어떻게 사용할 수 있을지 그냥 취미생활이 될지. 미래는 알 수 없다. 모르니까 설렌다. 삶의 모든 행동에 목적을 둘 필요는 없다. 그렇기에 우리는 한 번뿐인 인생을 살면서도 충분히 수정하고 변경할 기회를 얻을 수 있다.

치열했던 20대, 일이 삶의 전부라고 생각했던 첫 직장에서의 나는 이제 없다. 누군가 물어보면 '그땐 그랬었지' 하고 웃어 보일 정도로 시간이 많이 흘러버렸다. 선택을 후회하지 않느냐고 물어보는 사람들도 있다. 정확히 말하면 후회한 적도 있고 그렇지 않은 적도 있다. 어떻게 항상 옳은 선택만 할 수 있을까? 나는 신이 아닌 것을. 하지만 확실한 것은 그때 그 당시에는 가장 최선을 선택했다는 것이다. 이미 흘러갔고 바꿀 수 없다. 시간이 지나 예전의 선택을 후회한다는 건 그 당시의 나보다 지금 더 많은 것을 알게 되었다는 증거일 뿐이다. 그러니 후회하면서 시간을 보낼 수는 없다.

이렇게 이야기하니 예전과 다른 삶을 살아가고 있어 보이나 사실 크게 달라지지 않았다. 지금도 매일 아침 일어나 샤워를 하고 좋아하는 라디오를 들으면서 출근한다. 회사에 도착하면 성과를 위해 회의를 하고 진행사항들을 나열한다. 직장 상사, 동료로부터 인정과 응원을 받기도 하고 아쉬운 부분에 대한 피드백을 듣기도 한다. 정해진 시간이 되면 빠르게 자리를 정리하고 개인시간을 보낸다. 퇴근 후에는 간편한 운동을 하거나 인터넷 강의를 듣고 좋아하는 책을 본다. 주말에는 학원을 다니고 좋아하는 공연을 보러 간다. 가끔은 마음 맞는 친구와 가벼운 맥주 한 잔을 하기도 한다. 예전과 비슷하다. 하지만 그때와 크게 달라진 것이 있다. 내가 바라보는 나, 그 자체가 달라졌다. 이십대에는 나에게 선택권이 있음에도 '나'를 위한 선택을 하지 않았다. 일이 먼저였고 보여지는 모습이 중요했다. 가족관계에서는 착한 아이가 되고 싶었고, 친구들에게는 의리 있고 좋은 친구가 되고 싶었다. 회사에서는 능력 있고 성실한 직원이 되기 위해 노력했다. 소위 말하는 평범하고 보통의 사람이라고 정의하는 것들이다. 내 삶에 대한 선택을 다른 사람들의 말과 역할에서 구했다. 남들이 정한 기준에 억지로 몸을 욱여넣었다. 스스로에게 하고 싶은 것이 무엇인지, 어떤 사람인지 물어보려 하지 않았다. 다른 이의 가치관과 시선, 보통의 기준을 빼고 나니 자연스레 나는 남겨졌다. 첫 직장에서는 칭찬과 인정을 받았지만 건강을 잃게 되었다. 꼭 하고 싶다고 선택했던 피아노는 지금 전혀 연주할 수 없다. 살아 보고파 올라간 서울에서는 좋은 사람들을 만났지만 그만큼 많은 상처를 받았다. 무기력증과 불면증을 얻기도 했고 능력에 대한 자신감을 얻기도 했다. 잃은 것도 얻은 것도 많았다. 갖은 노력을 다해도 그대로 방치해도, 감사하게도 시간은 흘렀다. 매일을 이렇게 나로 채웠다.

추운 겨울이 지나 꽃내음이 가득한 봄이 오듯이 단조로웠던 내 삶에도 다양한 색들이 채워지고 있다. 모든 봉우리에서 꽃이 만개하지 않듯 어떤 결정은 기대한 만큼의 성과를 내지 못했다. 안 될 거라고 포기했음에도 흡족할만한 결과를 내는 경우도 있었다. 그럼에도 다양한 색으로 가득했다. 이것들이 싫지 않다.

나를 가장 가까이에서 면밀히 살필 수 있는 사람은 '자신'이다. 볼수록 황홀하다. 그리고 알게 된다. 좋아하는 것. 싫어하는 것. 하고 싶은 것. 하기 싫은 것. 양파처럼 까도 까도 새로운 겹이 나타난다. 항상 맞을 순 없다. 그럼에도 오롯이 자신을 위한 선택을 해야 한다. 그래야 선택의 결과까지 온전히 누릴 수 있다. '오늘의 나'는 과거의 내가 만든 결과물이다. 가족이나 선생님, 배우자, 친구가 말하는 나가 아니다. 내가 생각하는 '나'는 그들의 생각과는 많이 다를 수 있다. 그럼 어떤가. 온전히 나의 모든 감정과 생각을 공유하는 유일무이한 존재는 나뿐인데 말이다. '나'라는 존재는 어디에나 있는 평범한 보통 사람이겠지만 오직 한 사람에게는 너무나 특별한 사람이라는 사실은 변하지 않는다.

4-10 이제 초코파이를 봐도 아프지 않아

홍순지

종종걸음을 걸어 몇 분 만에 카페에 도착했다. 3월의 바람이 새삼 따스하게 느껴진다. 중간에 누가 불러 세울까 봐 살짝 고개를 숙이고 지나는 사람들의 눈길을 피하며 빠르게 걸었다. 다행히 아무도 날 부르지 않았다. 카페도 아직 점심시간 전이라 한적하다. 혼자 앉아 책을 읽을 조용한 자리를 잡으려고 카페 안을 둘러본다. 이른 시간이라 혼자 앉아 책을 읽거나 노트북을 들여다보고 있는 사람들이 많다. 한적한 곳에 앉아 나도 책을 꺼낸다. 같은 시간을 꿈꾸고 있는 사람들 틈에 앉으니 괜히 마음이 든든하다. 예전에는 카페에 앉아 책을 읽는 사람들을 보면 이해가 안 돼 혼자 삐죽거리곤 했다. '집에서 보면 되지 왜 카페 와서 책을 보지? 사람들은 시간도 많나 보네 카페에서 독서를 하고' 하며 바쁜 내 삶을 더 치켜세우기도 했다. 이제 나도 알 것 같다. 자기만의 시간을 갖기 위해 카페에 오는 사람들의 마음을 말이다. 책도 무리해서 읽지는 않을 거다. 몇 장 읽다 딴생각도 하고, 몇 장 읽다 그대로 졸기도 하고, 혼자만의 시간을 즐기고 싶다. 홀짝홀짝 커피를 마시다 보니 '언제부터 커피를 좋아했다고 카페에 갔어? 웃기다!' 하고 놀리는 남편의 목소리가 들리는 것 같아 피식 웃음이 새어 나온다. 사실 난 커피를 한 잔만 마셔도 새벽까지 잠을 못 자는 사람이었다. 신기하게도 요즘은 괜찮다. 3월이 오면 반갑고 봄이 와도 이제 혼자 가라앉지 않는다. 새로운 시작이 기대되고, 따스한 햇살에 마음이 설렌다.

퇴근 후 평일 저녁 시간. 씻으면서 평소처럼 할 일을 생각한다. '빨래 개고 밥을 차려야지. 소연이 숙제도 해야 하고….' 그러다 나의 다짐이 생각나 아들을 불렀다.

"아들! 거실에 있는 빨래 좀 같이 개자!"

생각보다 순순히 아들이 나와 일손을 거들었다. 오빠가 앉으니 동생도 질세라 따라와 붙어 앉았다. 거실에 셋이 도란도란 앉아 빨래를 개기 시작했다. 동그랗게 말린 수건, 어설프게 접힌 바지…다양한 모양들이 쌓여갔다. 이상한 모양으로 개도 별로 나무라지 않는다. 아들은 칭찬을 해줘야 자신감이 생겨 능률이 오르는 타입이다.

"우리 아들 빨래도 잘 개네!"

아들을 칭찬하니 딸이 눈을 흘긴다. 아차 싶어 얼른 딸을 칭찬한다. 이럴 땐 속도가 생명이다.

"우리 딸은 빨래까지 잘 갠다! 못하는 게 뭐야? 넌 언제부터 그렇게 다 잘했어?"

딸 얼굴에 뿌듯함이 가득 찼다. 오빠보다 많이 개려고 또 시합을 하고 있다. 딸아이는 손이 야무져서 무슨 일이든 잘한다. 혼자 할 때는 지루한 집안일이었는데 셋이 하니 즐거운 놀이가 따로 없다.

옷걸이에 대강 걸어서 어깨 부분이 위로 튀어나오고 늘어난 내 보라색 니트를 보면서 아들이 깔깔거리며 말한다.

"엄마 어깨 깡패야? 어깨는 왜 이렇게 넓고 배 부분은 쫄티네 이 옷 왜 이래."

아들의 찰떡같은 비유에 셋이 또 한참을 웃는다. 내가 빨래를 세심하게 널지 못한 것도 이렇게 즐거운 일이구나. 완벽하지 않아도 괜찮구나. 내가 부족하니 이런 소소한 재미도 느낄 수 있다.

저녁 일과 중 딸 학원 숙제 봐주는 일이 가장 힘들다. 아직 어려서 영어단어를 외울 때도 하나하나 실감나게 설명해줘야 한다. 듣기 문제 숙제도 쉽지 않다. 중간중간 끊어주며 설명을 덧붙여줘야 하기 때문에 벅차다. 요즘 아들이 그 일을 도와준다. 지난 영어시험에서 같은 반 언니, 오빠들을 제치고 가장 높은 점수를 받은 딸은 입이 마르게 오빠를 칭찬한다.

"오빠가 '너 이거 못 외우면 나도 오늘 게임 안 한다'며 엄청 친절하고 재미있게 설명해줬어!"

오빠에게 달려가 필살 애교를 부린다. 아들 역시 본인이 가르쳐주고 동생이 시험을 잘 보니 뿌듯한가 보다. 딸의 볼을 한껏 잡아당기며 칭찬인 듯 괴롭히는 듯 자기만의 애정 표현을 한다. 늘 득달같이 싸우던 남매가 저렇게 사이가 좋을 때도 있다니.

학원 수업 시간을 좀 줄였다. 월요일은 이제 완전히 쉬는 날이다. 일을 하면서 내 아이들과의 시간을 오래 보내지 못해 속상했다. 엄마로서 역할을 해주지 못하는 것 같아서 미안했다. 그 때문에 죄책감이 쌓이고 그래서 아이들을 위한 일이라면 버거워도 다 해주고 싶었나 보다. 아이들을 위한 시간을 우선적으로 만들면 될 일이었다. 친정엄마에게도 온전한 평일 하루의 휴식을 드려야겠기에 월요일은 이제 휴무다. 제일 좋아하는 건 딸 소연이다. 이번 월요일은 미뤄둔 소연이 치과 진료를 간다. 치과 진료 전 카페도 들르기로 했다. 요즘 함께 카페 가는 시간을 가장 좋아하는 소연이는 동네 카페를 검색해보며 월요일만 손꼽아 기다린다.

불행과 불만 뒤에는 행복이 늘 함께 있다는 것을 깨달은 후, 생각하는 습관이 생겼다.

'내 마음이 힘들지 않았다면 이렇게 빨리 글을 쓸 생각을 하지 못했을 텐데.'

'처음부터 끝까지 부유한 집에서 걱정 없이 자랐다면 내 인생은 어땠을까? 우유부단하고 마음 약한 내가 이렇게 치열하게 살 수 있었을까?'

마흔을 코앞에 두고 깨달았다. 어떻게 사는지보다 어떻게 생각하며 사는지가 중요하다는 것을 말이다.

학원 아이들 논술 수업 중 〈미래의 내 모습 상상하기〉 시간이 있었다. 장래 희망을 이야기하자니 재미없는 표정으로 멀뚱멀뚱 나만 바라본다. 안되겠다 싶어서 직업 이야기 말고 자유롭게 미래를 꿈꿔보라고 하니 난리가 났다. 아이들다운 통통 튀는 이야기가 이어졌다.

"전 건물주가 되겠습니다! 1층 치킨집, 2층 피자집, 3층 PC방!"

"야 피자집 말고 마라탕집 하면 안 돼?"

아이들은 볼이 벌겋게 상기될 때까지 행복한 상상을 쏟아냈다. 메이

저리그에 진출하고, 사막에 도서관을 지어 신도시를 건설하고, 미국에서 백수가 되어보기도 하고. 난리가 났다. 수많은 미래가 눈앞에서 펼쳐졌다. 갑자기 시끌벅적한 형들 틈에서 초등학교 3학년 한 아이가 물었다.

"쌤 꿈은 뭐였어요?"

"쌤은 작가였어. 어렸을 때부터 작가가 되고 싶었고 지금도 꿈꾸고 있지."

대답이 끝나기도 전에 아이가 다시 물었다.

"아뇨, 그거 말고요. 어떻게 살고 싶다는 꿈 그거 이뤘어요? 지금 어른이잖아요"

순간 바로 대답이 나오지 않았다. 내가 어떻게 살고 싶었는지 어떻게 살고 있는 건지 선명하게 보이지 않았다. 수업이 끝난 후에도 한동안 그 아이의 질문이 계속 마음에 남았다.

이제는 얘기해줄 수 있을 것 같다. 나도 꿈을 이루어 가고 있다고 말이다. 내 마음을 돌아볼 줄 아는 여유 있는 어른, 꿈을 이루기 위해 행동하는 어른이 되고 있다고 다시 그 아이를 붙들고 말해주고 싶다.

초등학교 때 책을 많이 읽었다. 틀에 박힌 전래동화책보다는 창작소설이 좋았다. 엄마 따라 남대문 시장을 가면 창작소설을 전집으로 사오곤 했다. 아빠 차 뒷자리에 책을 잔뜩 싣고 오면 어찌나 설레던지. 노끈으로 묶여있는 전집 더미에서 낑낑대고 몇 권 꺼내 차 뒷자리에 벌러덩 누워 읽었다. 신나게 읽고 나면, 막상 읽을 책이 줄어들어 아쉬워했다. 책을 좋아하던 어린 내 마음이 아직 생생하다.

그 시절, 엄마는 동화 작가가 되겠다는 나를 응원해주셨다. 내가 약사가 되거나 부자가 되길 바라신 게 아니었다. 생활비를 드려도 늘 다시 돌려주는 엄마가 예전부터 나에게 바라신 건, 어떤 성공도 부유함도 아니라 나의 행복이었다.

이 글을 쓰는 동안 과거의 나를 만났다. 아빠의 라볶이, 엄마의 빨간 솜바지, 할머니가 주셨던 초코파이. 결혼 후에도 슈퍼에서 초코파이를 보면 발걸음을 멈추고 한참을 바라보곤 했다. 그땐 아팠지만 지금은 아니다. 어느 하나 소중하지 않은 기억이 없다. 지금 아픈 것들도 나중에는 또 소중한 기억이 되겠지. 이제 이렇게 아픔도 품을 줄 아는 진짜 어른이 되어간다. 행복할 줄 아는 어른.

❖ 마치는 글 ❖

— 강혜진

투덜대며 지내던 시절이 있었습니다. 속상한 일, 섭섭한 일, 화나는 일이 있으면 혼자 씩씩거리다가 누군가에게 미주알고주알 털어놓아야 속이 시원해지던 때가 있었습니다. 속은 후련했지만 입 밖으로 부정적인 말을 쏟아 내고 나니 마치 내가 나쁜 사람이 된 것 같은 기분에 울적해지곤 했습니다.

글을 쓰면서 부정적인 말을 하지 않게 되어 기쁩니다. 나쁜 생각도 쓰다 보면 좋은 글로 정화되는 경험을 여러 번 했습니다. 이번 공저 프로젝트에서도 마찬가지였습니다.

내 마음 먼저 챙기기로 했던 나의 과거를 돌아보았습니다. 기억을 되짚어가며 어리석었던 나의 과거와 고마운 존재들, 그리고 감사한 지금의 나를 모두 만나볼 수 있었습니다. 나의 어려웠던 과거가 비슷한 경험을 가진 누군가에게 도움을 줄 재료가 될 거라 생각하니 그 또한 쓸모 있는 경험이었구나 깨닫게 됩니다. 글을 쓰기 시작하고 일상이 감사할 일 투성이입니다. 당장 기쁜 일도, 쓰라린 일도, 분한 일도 모두 글이 될 소중한 재료라 생각하니 세상이 모두 아름답게 보입니다. 저를 감사하며 살게 해 준 글빛 백작 우리 팀에게 감사드립니다.

— 글빛혁수

2015년 8월, 죽음의 갈림길에서 운 좋게 삶의 길로 다시 들어섰다. 그 후, 나 없이 살았던 삶에서 나를 찾아가는 하루를 산다. 지금은 하나밖에 없다. 내일 죽더라도 오늘 하고 싶은 걸 한다. 잘 사는 게 아니라 원하는 걸 한다. 글자를 알고부터 가장 좋아하던 건 책 읽기였다. 자연스레 내 글도 누군가 읽어주길 바랐다. 작가가 되는 것이 꿈이 되었다. 평생 꿈이었다. 아침에 일어나 눈을 뜨면 간밤의 꿈은 사라지고 현실이 닥쳐오듯, 꿈은 꿈일 뿐이었다. 그 꿈이 이렇게 쉽게 이루어질 줄은 몰랐다. 도서관과 서점에 벽을 이루고 있는 책들은 모두 좋은 가치를 이야기한다. 아름답다. 하지만 남의 이야기다. 나만의 이야기를 만들고 싶었다. 사람들에게 들려주고 싶었다. 내 글을 읽고 미소 짓는 사람을 보고 싶었다. 9년 전의 사고에서 몸이 다시 살아났다면, 이 책을 내고 마음이 새로 태어났다. 새롭게 시작된 인생에서 펼쳐질 이야기가 벌써 기대된다.

— 글빛현주

'인생 공부, 사람 공부'

나이가 들어가면서 인간관계가 중요하다는 걸 깨닫는다. 혼자 사는 삶이 좋아 스스로 선택한 게 아니라면, 우리는 태어나서 죽을 때까지 관계 속에 살아간다. 어쩔 수 없이 타인의 감정에 민감해지는 상황이 생길 수 있는 거다. 그럴 때, 선택과 결정을 신뢰하고 나답게 바로 설 수 있다면. 서로를 존중하는 건강한 관계가 유지될 수 있지 않을까. 그러려면 무엇보다 '나와의 관계'가 중요하다. 사랑하는 사람을 애정 어린 눈빛으로 바라보며 관심 갖고 살피는 것. 나를 그렇게 대해야 한다.

세상 누구보다 나를 잘 알고 있는 사람은 '나'라고 생각했다. 착각이었다. 책을 읽고 글을 쓰는 것, 나를 알아가고 찾아가는 공부였다. 나를 이해하니 전보다 더 긍정적인 생각을 할 수 있었다. 자주 묻고 답했다. 내 안의 답을 찾아가는 시간, 반복할수록 마음이 단단해졌다. 삶의 목표도 선명해졌다. 덕분에 지금 여기 내가 원하는 삶에 집중할 수 있게 되었다.

— 김나라

아이와 함께 네잎클로버를 찾던 날을 떠올린다. 유치원 등원 버스 도착 직전 우연히 네잎클로버를 찾았다. 담임 선생님께 선물해 드리고 싶다며 클로버를 가지고 유치원 버스에 올랐다. 하원 후 돌아온 아이는 세잎클로버 뜻을 아는지 내게 물었다. 그러고는 세잎클로버는 행복, 네잎클로버는 행운이라 말했다. 행복과 행운, 늘 같은 자리에 있다는 걸 잊고 살고 있었다. 지난 시간, 반짝이는 행운에만 기대하며 살아온 건 아닌지 생각했다. 아무것도 하지 않으면서 혹시 모를 행운을 기대했다. 그러나 행운을 만나기 위해서는 나에게 주어진 행복의 세잎클로버 밭을 먼저 잘 가꾸어야 했다. 그래야만 네잎클로버처럼 흔하지 않아 더 귀한 나다움을 발견할 수 있다. 육아와 일, 자기 계발로 성장하는 엄마로 살아간다. 그 과정은 작은 성공의 기쁨으로 채워졌다. 내가 만든 성취 행복은 작가가 되는 기회를 만들었다. 어떤 날이든 계획하고 기록했다. 대단한 일보다 지금 내가 할 수 있는 만큼의 일에 집중했다. 일상은 조금씩 바뀌었다. 보이지 않던 하루가 선명해졌다. 어떤 사람이 될 것인지 답은 쉽게 찾을 순 없었지만, 내가 원하는 삶을 찾아가는 시간이 되었다. 내면이 채워져 갔다. 느슨하기만 했던 일상은 기록과 계획을 통해 주체적으로 살아가는 나를 만들어 주었다. 나를 신뢰한다. 누군가에게 휘둘리지 않고, 살아가기 위해 오늘도 내 할 일을 계획하고 기록한다.

— **백란현**

[글빛백작] 작가님 책 한 권 출판해주고 싶어서 시작한 공저 프로젝트입니다. 열 분의 공저자를 모집하면서 두 자리가 남았습니다. 이현주 대표와 제가 합류하기로 했습니다. 공저 오리엔테이션을 준비하고 책 쓰기 무료 특강도 열었습니다. 초고 집필 과정도 지켜보았고 3회에 걸친 퇴고 안내도 했습니다. 첫 책으로 두고두고 남을 '책' 출판의 기회를 주면서, 나를 위해서는 어떤 부분을 챙기고 있는지 생각해 보았습니다. 1차 퇴고 안내 강의 자료를 제주도에서 만들었습니다. 초고 마감일이 촉박했고 퇴고 안내는 빨리 돌아왔으니 1년 만에 방문한 시댁 제주도에서도 노트북으로 일하고 리허설 하게 되었지요. 김해공항으로 돌아오는 비행기 안에서 겨우 강의 준비가 끝났습니다. 왜 제주도까지 가서 작가이자 라이팅 코치 일을 하는 걸까 생각해 보았습니다. 이유는 하나였습니다. 저의 정체성은 글 쓰며 강의하는 사람이었던 거지요. 이것이 바로 나를 챙기는 모습이자 결과였습니다. 라이팅 코치로서 신나 보인다는 말 듣기 좋습니다. 공저자 모두 선한 글 쓰시길 응원합니다. 남을 위한 마음이 자신도 챙기는 힘입니다.

— 소유

내 삶의 주인공은 나인데 자의든 타의든 조연 역할을 할 때가 있다. 그로 인한 심신의 피로감, 아무리 해도 조연으로만 남기 때문에 허탈함이 밀려온다. 내 삶의 주인공이 되기 위해서는 나에게 귀 기울이고 나의 내면 아우성을 알아차려야 한다. 많은 사람이 그 방법을 몰라 힘들어하고 방황하기도 한다. 대부분 남을 더 배려하는 마음이 있어서 그런 것이라는 생각을 한다. 나부터 챙긴다는 것이 다소 이기적으로 들릴 수도 있지만, 넓은 의미에서는 나부터 챙기고 나부터 존중할 줄 알아야 남을 챙길 수 있는 여유가 생긴다고 생각한다. 앞으로도 나를 위해 내 삶의 주연으로 살 계획이다. 진정 내 삶을 살 때 기쁘고 그것의 가치는 측정하기 어려울 정도로 무한하다.

공저로 짧은 글을 작성하였지만, 이번 글을 쓰면서 내 삶을 되돌아보고 다시 한번 차근차근 정리해 볼 수 있었다. 머릿속에만 있던 것들이 글자가 되어 세상에 나오면 내 생각과 상황들이 한눈에 보인다. 그래서 글은 참 매력이 있다.

— 송기홍

내 이름으로 된 책을 출간하고 싶어서 글쓰기를 시작했다. 그런데 생각보다 훨씬 힘들었다. 10명이 함께 쓰는 공저로 참여하는 4편짜리 글을 쓰면서도 힘들게 느껴져서 '괜히 시작했나?' 하는 생각이 들었다. 썼다 지우고 썼다 지우고를 몇 번이나 반복했다. 초고를 쓸 때는 힘들었던 과거의 생각이 떠올라서 가슴이 먹먹했고, 눈물을 흘리다 결국 글쓰기를 멈춘 적도 있다. 그러면서 겨우 분량을 채웠다. 1차 퇴고하면서 다시 힘들게 마감했다. 그러다가 2차 퇴고 때는 결국 내용의 일부를 완전히 바꿨다. 그런데도 만족스럽지 못하다. 글을 쓰면서 지난 과거를 돌아 볼 수 있었다. 그때의 감정이 올라와 눈물을 흘리기도 했다. 어떤 내용은 그대로 둘 수가 없어서 결국은 지우고 다른 내용으로 다시 채웠다. 단지 글일 뿐인데 너무 힘들었다. 이제 마치는 글을 쓰고 있다. 그런데 아직도 마음이 무겁다. 완벽한 글이 나올 수 없다는 것은 잘 알지만, 부족해도 너무 부족한 것 같다. 공동체 속에서 살아가면서, 남을 배려하고 양보하며 사는 것을 미덕이라고 여기며 살았던 우리는 '나부터 챙기는 것'에는 모두가 익숙하지 못하다. 그래서 내게도 상처가 많았다. 이제는 그 상처가 아물고 그 자리에서 새살이 돋아나고 있음을 느낀다. 아파할 만큼 아파했으니 이제는 행복해지고 싶다.

— 육이일

23년 12월 한 해가 다 가기 전 나에게 글쓰기 과정을 선물했다. 얼굴이 빛나고 '행복합니다!'라고 쓰여 있는 사람처럼 지냈다. 공저 책 쓰기를 통해 선물은 마음속 돌덩이로 바뀌었다. 잘 써야 한다는 부담감이 짓눌렀다. 잠을 설치고, 입맛을 잃은 날도 있었다. 하지만 처음이라 겪는 이 여러 가지 경험들이 시간이 지날수록 기대로 바뀌었다. 서툴고 부족하지만 서로 다른 우리가 만나 완성된 책은 내겐 선물이 맞다. 감사하고 행복하다.

공저 팀으로 함께 글을 쓰고 읽으면서 지나온 시간을 되돌아봤다. 머릿속에 잊힌 생각이 하나둘 떠올랐다. 글쓰기를 통해 가까운 누군가를 왜곡해서 바라봤던 나의 조각난 추억도 찾았다. 그리고 지나온 삶이 나를 더욱 나답게 하기 위한 여러 가지 훈련과정임을 깨달았다. 혼자 힘으로 살아온 줄 알았는데, 가족, 친구, 이웃이라는 여러 이름으로 만나 서로를 빛나게 해주고 있었다. 지금 내 눈앞에 있는 일을 감사하고, 행복을 나눌 때 진정 나답게 살아간다. 우리는 모두 보물이고 보석 같은 인생이다.

— 조하나

어제는 오늘이 되고 오늘은 내일이 된다. 우리는 오늘이 반복되는 삶을 살아가고 있다. 단순하고 일상적인 오늘의 주인이 온전히 내가 되는 시간을 기대하지만 가족을 위해 친구를 위해 목표를 위해 오늘을 희생하는 경우가 많다. 희생과 인내로 범벅이 된 하나의 오늘이 내 삶을 온전히 채울 때 내 삶의 주인은 나라고 말할 수 있을까? 이 질문에서 시작된 이 글은 온전한 나, 있는 그대로의 나로 살기 위한 작은 발자취다. 이 하나의 오늘은 다시 돌아갈 수 없는 시간이다. 많은 사람들이 내일을 위해 오늘을 보낸다. 여기에는 허점이 있다. 우리가 기다렸던 내일 또한 오늘이 된다. 어쩌면 우리는 영원히 내일을 만날 수 없을지도 모른다. 내 삶의 주체가 내가 될 때 흘러간 어제도 앞으로의 내일도 내 것이라고 말할 수 있지 않을까? 혹자는 희생하는 삶이 보람차고 당신의 과업이라고 말할 수도 있다. 그것 또한 내가 선택했다면 그릇되다 할 수 없다. 내가 어떤 사람인지 나를 통해 바라보고 그대로 받아들인다면 그것이 나를 위한 발걸음일 것이다. 이 글에는 나의 발걸음이 묻어 있다.

— 홍순지

잊고 있던 어린 시절 꿈을 이루기 위해 무턱대고 공저 활동에 문을 두드렸습니다. 초등학교 6년 내내 장래 희망 란에는 '동화작가'라고 썼더랬지요.

내 이야기를 하는 에세이는 상상도 못한 일이어서 참 어려웠습니다. 다 쓰고 나니 마음이 뻥 뚫린 듯 시원하기도 하고 걱정도 몰려옵니다. 글 쓰는 내내 내 이야기 속 우리 가족이 상처받지는 않을지 마음이 쓰였습니다. 나의 '힘듦'을 강조하다 보니 늘 딸의 '안 힘듦'과 손주들을 위해 몸이 부서져라 일하시는 엄마의 희생과 노고가 가려진 것 같습니다. 이 또한 기쁨으로 받아줄 엄마에게 말하고 싶습니다.

"어렸을 때처럼 변함없이 엄마를 사랑해. 나에게는 엄마가 영원히 1번이야."

그리고 글을 쓴다고 노트북 앞에 앉아 있는 저에게 '작가 홍순지'를 외치며 즐거워해준 나의 비타민, 아들 도현이와 딸 소연이에게 이렇게 말해주고 싶습니다.

"세상 눈치 보지 말고 너 자신에게 집중해! 너의 삶을 기대하고 스스로 끊임없이 대화해. 그 생각의 끝에 너희 행복이 있을 거야. 그리고 그 길이 어떤 길이든 엄마가 함께할게. 사랑해!"